OTROS LIBROS DE JEFF KINNEY:

DIARIO
de
Greg

LA ESCAPADA

Jeff Kinney

MOLINO
LECTORUM

DIARIO DE GREG 12. LA ESCAPADA
Originally published in English under the title DIARY OF A WIMPY KID:
THE GETAWAY

This edition published by agreement with Amulet Books, a division of Harry N. Abrams, Inc.

Book design by Jeff Kinney
Cover design by Chad W. Beckerman and Jeff Kinney

Translation copyright©2017 by Esteban Morán
Spanish edition copyright©2017 by RBA LIBROS, S.A.
Lectorum ISBN: 978-1-63245-673-1
Printed in Spain
10 9 8 7 6 5 4 3 2 1

Cataloging-in-Publication Data has been applied for and may be obtained from the Library of Congress.

A ANNIE

DICIEMBRE

<u>Domingo</u>

Lo peor de que los demás te cuenten sus vacaciones es tener que fingir que te ALEGRAS por ellos. Porque a nadie le gusta escuchar lo BIEN que se lo han pasado y NO HABER ESTADO allí para disfrutarlo.

Solo quiero oír hablar de las vacaciones en que las cosas salen MAL. Así no me deprimo por habérmelas perdido.

Bien, mi familia acaba de volver de vacaciones y, créanme, si hubiera podido quedarme en casa, LO HABRÍA HECHO. Pero no tuve elección.

Hace unas semanas, esas vacaciones ni siquiera estaban PREVISTAS. Era un mes de diciembre de lo más normalito, y yo solo pensaba en que las Navidades estaban a la vuelta de la esquina.

Pero mamá y papá estaban completamente estresados porque tenían por delante un montón de preparativos para las fiestas. Llevábamos MUCHO retraso con la decoración de la casa, y nada iba como debía.

Estoy seguro de que si hubiéramos colaborado habríamos estado listos para la Navidad. Pero una noche, vimos un anuncio en la tele que puso nuestros planes PATAS ARRIBA.

El anuncio era de un lugar llamado Isla de Corales, que es donde mamá y papá pasaron su luna de miel. Eso lo sé porque, cada vez que sale ese anuncio en la tele, los dos se ponen muy besucones.

Me siento incómodo al pensar en cómo eran mamá y papá antes de tenernos. Y eso no SUCEDERÍA si mamá no nos diera la lata todos los años en su aniversario con las fotos de su luna de miel.

La noche después de ver el anuncio, mamá y papá nos dijeron que ESTE año, en lugar de celebrar la Navidad en casa IRÍAMOS todos a Isla de Corales.

Cuando pregunté si recibiríamos los regalos en el hotel, mamá contestó que nuestro regalo ERA ese viaje.

Pensé que era una idea ESPANTOSA, y me sorprendió que papá estuviese de acuerdo. No suele malgastar el dinero, y estaba seguro de que el hotel iba a costar una FORTUNA. En cambio, dijo que ya estaba harto del mal tiempo y que deseaba huir a un lugar cálido.

Lo cierto es que a mí el frío nunca me ha molestado. De hecho, suelo sentirme más a gusto cuanto peor tiempo hace afuera.

Supuse que Manny y Rodrick me ayudarían a conseguir que mamá y papá entrasen en razón, y detuviéramos esa locura. Pero esos tipejos no me ayudaron para NADA.

Así que tuve que aceptar que no íbamos a pasar unas Navidades normales en casa. Pero lo que no me gustaba EN ABSOLUTO era que teníamos que ir hasta allí en AVIÓN. Nunca había VOLADO y no me emocionaba la idea de viajar encerrado en un tubo metálico.

Sin embargo, eso no pareció preocuparle a NADIE y, dos semanas después, durante la noche en que debíamos colgar nuestros calcetines y sentarnos junto a la chimenea para ver programas especiales de Navidad, nos encontrábamos haciendo las maletas para nuestra escapada a la isla.

Lunes

Salimos de casa a las 8:00 de la mañana de Nochebuena. Papá estaba nervioso porque quería salir una hora ANTES. Pero mamá le dijo que eso era una ridiculez, y que llegaríamos al aeropuerto con tiempo de sobra.

Fuera estábamos a veinte grados Fahrenheit, pero Rodrick ya llevaba puesta la ropa para las vacaciones.

Resultó que papá tenía razón y que tendríamos que haber salido más temprano. Parece que a la gente le da por viajar en Nochebuena, así que las familias que iban en auto para ver a sus parientes habían COLAPSADO las carreteras. Y el espíritu navideño brillaba por su ausencia.

La cosa empeoró cuando empezó a NEVAR. Los autos avanzaban a paso de tortuga. Mamá y papá se pusieron a discutir sobre a qué hora tendríamos que haber salido, y a papá casi se le pasa el desvío al aeropuerto. Atravesó tres carriles de una sola vez, lo que no fue nada sencillo.

Cuando llegamos al aeropuerto, el estacionamiento principal estaba lleno, así que nos tuvimos que ir mucho más lejos, a uno de los baratos. Papá dijo que nos dejaría junto a la acera con todo el equipaje, y que nos alcanzaría cuando hubiera estacionado.

La terminal de pasajeros era un COMPLETO caos. Intentamos descargar las maletas, pero los guardias no permitían a nadie detenerse más de medio minuto. Y esto puso a todo el mundo tan nervioso que la situación se puso más fea todavía.

Me tuve que quedar en la parte trasera del auto para ayudar a papá con el resto del equipaje. Esa tarea tendría que haber recaído en Rodrick; pero, como hacía un frío que pelaba y él iba vestido de verano, se libró.

Y tuvo MUCHA suerte. Cuando llegamos a la barrera del estacionamiento, papá no alcanzaba el boleto desde la ventanilla del coche. Así que tuve que bajarme del auto para recogerlo.

Por desgracia, ya era demasiado tarde cuando vi el enorme charco que había en mi lado del auto.

PLAS

Después de estacionar, arrastramos las maletas hasta la parada más cercana del autobús. No fue divertido.

El letrero decía que el autobús que iba a la
terminal principal pasaba cada diez minutos. Pero
el espacio bajo techo estaba a reventar, y tuvimos
que esperar a la intemperie, congelados de frío.

Como al cabo de veinte minutos, el autobús seguía sin
pasar, y papá comenzó a preocuparse DE VERDAD
por la hora. Dijo que tendríamos que CAMINAR
hasta la terminal, que estaba a una milla de distancia.

Habría tratado de convencer a papá para que nos esperáramos un poco más, pero mi calcetín parecía un cubito de hielo y no quería congelarme.

Por supuesto, no nos habíamos alejado ni cien pies cuando el autobús apareció por el estacionamiento. Tratamos de detener al chofer, pero no nos hizo el menor caso.

Así que CORRIMOS hacia la parada, pero no llegamos a tiempo.

Papá ya estaba muy angustiado: ¿y si perdíamos nuestro vuelo? Le dije que tal vez perder el avión no era lo PEOR que podía pasar, pero él no parecía estar de humor para escuchar mis ocurrencias.

Al llegar a la terminal, nos sentíamos empapados y desgraciados. Así que cuando una camioneta estuvo a punto de atropellarnos en un paso de cebra, a papá le sentó muy mal y no se pudo contener.

Eso sacó de quicio al CONDUCTOR. Detuvo la camioneta y se bajó de ella.

No nos quedamos a discutir el incidente con aquel tipo. Salimos corriendo en dirección opuesta y nos mezclamos con la gente que había en la acera, hasta que la situación se despejase.

Papá me dijo que de ahí podía aprender una lección: si pierdes la paciencia, cometerás estupideces. Pero yo aprendí una lección DIFERENTE: cuando un Heffley se mete en un lío, un Heffley CORRE.

El resto de la familia se encontraba esperando a la entrada de la terminal. Mamá quería saber por qué habíamos tardado tanto, y papá quería saber por qué ella no se había puesto en la cola con Manny y Rodrick hasta que nos tocase el turno.

Estuvimos veinte minutos haciendo cola para facturar el equipaje. Pero cuando papá puso nuestra maleta grande sobre la báscula, el encargado dijo que era demasiado pesada, y que tendríamos que pagar extra por facturarla.

Papá repuso que la compañía trataba de estafarnos y que no pensaba soltar ni un centavo de más. Así que sacamos algo de ropa de la maleta y la pusimos en las bolsas de mano.

Para cuando todo estuvo en orden, faltaba media hora para ir a nuestra puerta de embarque antes de abordar el vuelo. Y cuando alcanzamos el área de seguridad, aquello parecía un ZOOLÓGICO.

Había dos carriles, uno para las familias y otro para los que viajaban por negocios.

Supuse que papá suele emplear el carril de los ejecutivos cuando hace un viaje de trabajo, y no parecía demasiado contento de estar atrapado con nosotros en la cola de las familias.

Cuando le añades la palabra "familiar" a algo, sabes que las cosas van a ir mal. Créanme, he estado en suficientes restaurantes familiares como para saber de qué estoy hablando.

Esperamos en el control de seguridad durante mucho tiempo, y al final conseguimos llegar a la cabeza. Pero entonces un chico que estaba un poco más atrás en la cola comenzó a desenganchar las cintas que mantenían unidas las barreras.

De pronto, no había ninguna separación entre los carriles. Durante un instante, nadie reaccionó.

Pero entonces, la situación degeneró en un caos TOTAL.

Para cuando los agentes de seguridad lograron juntar las barreras, estábamos AL FINAL de la cola. Y la familia del chico que había causado todo aquel lío se había puesto EN PRIMER LUGAR.

Mamá y papá se habían puesto REALMENTE nerviosos, porque nuestro vuelo podía salir en cualquier momento. Papá le suplicó a un agente de seguridad que nos permitiera saltarnos la cola, pero no pareció compadecerse de nosotros.

Pensé que íbamos a perder el vuelo, así que no le veía sentido a que pasáramos por seguridad. A pesar de eso, papá dijo que a veces dejan abierta la puerta de embarque hasta el último minuto, y que todavía podíamos llegar.

Cuando por fin llegó nuestro turno, depositamos las maletas en la cinta transportadora. Luego nos quitamos los abrigos y los zapatos y los metimos en recipientes de plástico.

Manny vio lo que estábamos haciendo, y empezó a quitarse también la ROPA. Por suerte, mamá se percató a tiempo y lo detuvo antes de que la cosa pasara a mayores.

Pero no era el último problema que iba a causar Manny. Al parecer, creyó que la cinta transportadora era una ATRACCIÓN de feria, y le dio un soponcio al averiguar que NO lo era.

A la gente que iba detrás de nosotros le molestaba que no avanzáramos, pero a NOSOTROS nos retenía el tipo que estaba delante. Debía quitarse todos los objetos metálicos, y estaba tardando una ETERNIDAD.

QUÍTESE TODOS
LOS OBJETOS
METÁLICOS
PARA LA
MÁQUINA DE
RAYOS X

PLINC

Rodrick me dijo que estas máquinas pueden ver a través de la ROPA, y que el operador comprueba en la pantalla si llevas oculto algún objeto peligroso. Lo único que se me ocurre es que no me gustaría hacer ESE trabajo.

Resulta que la máquina de rayos X que ve a través de tu ropa solo es para adultos, y que los menores tienen que pasar por un detector de metales. Aun así, no quería correr ningún riesgo.

Nada más pasar el control de seguridad, cogimos nuestras pertenencias de la cinta transportadora y nos marchamos. Nuestra puerta de embarque se encontraba en la planta baja, así que tuvimos que usar las escaleras mecánicas.

Ni siquiera ESO fuimos capaces de hacer sin tener algún problema. El muñeco de peluche de Manny se quedó atascado al final de las escaleras, y hubo que pulsar el botón de parada de emergencia para que mamá pudiera sacarlo.

CLIC

Papá consultó la hora y dijo que todavía podíamos llegar, así que corrimos hacia la puerta de embarque.

Pero la puerta estaba situada en la otra punta de la terminal, y nos dimos cuenta de que a pie no llegaríamos a tiempo.

Justo entonces apareció un carrito eléctrico para pasajeros discapacitados, y papá le preguntó a la conductora si podíamos subirnos. Los demás nos montamos sin darle tiempo a negarse.

Después, todo fue sobre ruedas. La terminal estaba abarrotada, pero todo el mundo se apartaba cuando nos oía llegar.

La conductora nos dejó en nuestra puerta de embarque, pero estaba CERRADA. Supuse que habíamos perdido el vuelo y que ya podíamos volver y disfrutar de una agradable Nochebuena en casa. Pero resulta que el vuelo estaba RETRASADO, así que todo había sido en balde.

El motivo de la demora era el mal tiempo, y tuvimos que esperar una HORA antes de encontrarnos a bordo del avión. Buscamos asiento en la sala de embarque, pero la gente los había acaparado todos.

Mamá me dijo que, una vez dentro del avión, nos pasaríamos unas seis horas en el aire, lo cual era una novedad para MÍ. Le pedí dinero, y compré un par de revistas, algo para picar y unos auriculares en una tienda cerca de nuestra puerta de embarque.

Lo único que necesitaba y no tenían en la tienda eran CALCETINES. El derecho seguía empapado de cuando metí el pie en el charco, así que fui al baño para exprimirlo en el lavabo.

Al terminar, el calcetín seguía MOJADO y no quería ponérmelo en el pie. En el baño había uno de esos secadores de gran potencia para las manos, y se me ocurrió una idea.

Deseaba regresar a casa y empezar a ganar DINERO con esa idea. Me imaginé que haría una FORTUNA en días lluviosos.

El único problema del secador del aeropuerto es que era DEMASIADO potente.

Mi calcetín empezó a echar HUMO, y luego salió VOLANDO.

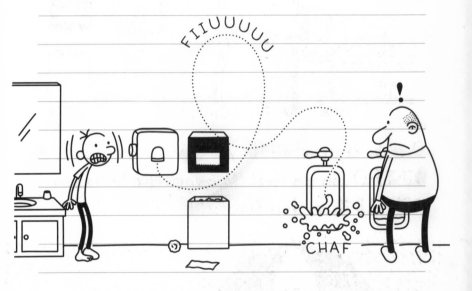

Decidí que iba a comprarme otros calcetines cuando llegara al hotel, porque no había manera de que yo me pusiera algo rescatado del URINARIO.

Cuando regresé del baño, estaban anunciando algo en nuestra puerta de embarque.

Supuse que ya estaban listos para empezar el embarque, pero solo nos estaban informando que se había producido un nuevo RETRASO.

Y así nos pasamos el resto del día. Al parecer, la tormenta estaba causando problemas en todas partes, y nuestro avión estaba retenido en OTRO aeropuerto.

Me empezaba a preocupar que mis cachivaches electrónicos se quedaran sin batería mientras estaba en el avión, así que busqué un sitio donde recargarlos. Pero supongo que todo el mundo había tenido la misma idea.

El único enchufe disponible se encontraba en un lugar problemático. Pero cuando tu batería está al 15%, tienes que hacer lo que sea necesario.

Por fin nuestro avión llegó a la puerta de embarque, y de allí salieron todos los pasajeros. Se supone que volar es DIVERTIDO, pero nadie lo diría, a juzgar por el aspecto de aquella gente.

La agente de embarque habló por el altavoz y dijo que en breve estaríamos a bordo del avión. Luego dijo que nuestro vuelo estaba sobrevendido y pidió voluntarios para ceder sus cupos.

Añadió que el PRIMERO que se ofreciera recibiría trescientos dólares y una noche gratis en el hotel del aeropuerto.

No necesitaba oír más. Me fui al mostrador antes de que ella terminase su anuncio, para decirle que yo era la persona que buscaba.

Por desgracia, mamá no me PERMITIÓ presentarme voluntario, pero nadie MÁS lo hizo.

Así que la agente de embarque aumentó la oferta a QUINIENTOS dólares, y una mujer se apresuró a aceptarlos. Espero que disfrute gastándose mi dinero.

Después de eso, la agente hizo OTRO anuncio. Dijo que la tripulación había trabajado demasiadas horas debido a los retrasos, y que teníamos que esperar a que llegara otra tripulación de REEMPLAZO antes de despegar.

Entonces todo el mundo se INDIGNÓ, porque lo que iba a ser un vuelo temprano iba camino de convertirse en NOCTURNO.

Los nuevos tripulantes llegaron por fin, pero no parecían contentos de estar allí. Tal vez se debiera a que esperaban pasar la Nochebuena en CASA, así que yo sabía EXACTAMENTE cómo se sentían.

Después de que la tripulación subiera a bordo, permitieron a los pasajeros entrar al avión. Fuimos de los primeros, porque las familias con niños pequeños teníamos preferencia. Sin embargo, la azafata me detuvo en la puerta.

Dijo que mi maleta abultaba demasiado para el compartimento superior, y que tenía que ir abajo en la bodega con los demás equipajes. Eso me pareció bien, porque de todos modos no quería ocuparme de mi maleta en el avión.

Cuando subí a bordo, me quedé muy impresionado. Los asientos eran MUCHO más grandes de lo que había esperado, y estaban forrados con auténtico cuero.

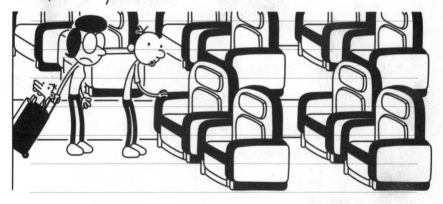

Le pregunté a mamá qué fila nos correspondía, pero ella dijo que había que seguir, porque esos asientos eran de primera clase, y los nuestros eran de clase TURISTA.

35

Pero la clase turista no era ni la MITAD de agradable que la primera clase. Los asientos estaban más apretados, y apenas estaban acojinados.

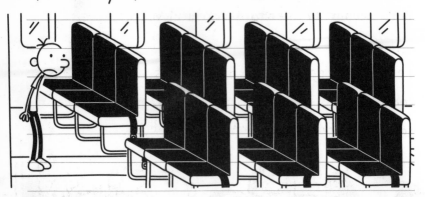

Mamá dijo que nuestros asientos se encontraban hacia la mitad del avión, y nos dirigimos allí. Pero papá se detuvo en la sección de primera clase. Dijo que lo habían ASCENDIDO de categoría porque se pasaba el día volando y que se reuniría con nosotros después de aterrizar.

La noticia no le hizo ninguna gracia a mamá. Dijo que no era justo que papá estuviera en primera clase y nosotros en turista, así que propuso que nos TURNÁRAMOS para ocupar su asiento durante el vuelo.

Pero papá replicó que no teníamos su experiencia como viajeros de la primera clase, y que ni siquiera sabríamos cómo COMPORTARNOS.

Por suerte, otros pasajeros estaban tratando de subir a bordo, así que mamá y papá tuvieron que dejarles el pasillo libre en vez de discutir. Papá ocupó su asiento y nosotros buscamos los nuestros.

Nos tocó la misma fila. Mamá, Manny y Rodrick se sentaron a un lado del pasillo, y yo en el asiento central del OTRO lado.

Rodrick trató de cambiarme su asiento para no
estar al lado de Manny, pero yo estaba muy
a gusto. Bueno, apenas tenía espacio para las
piernas, pero, por lo demás, no estaba mal.

El resto de los pasajeros subió después que nosotros.
Todos se afanaban por meter sus equipajes en los
compartimentos superiores. Me alegré de que se
hubieran quedado con MI maleta en la entrada.

Todos guardaron sus bolsas y ocuparon sus
asientos. El piloto anunció que las compuertas
se iban a cerrar, y los asientos a mi izquierda y
derecha seguían vacíos.

¡Qué suerte! No me lo podía creer. En cuanto despegáramos, me iba a tumbar sobre los tres asientos para dormir a pierna suelta.

Aquello era incluso MEJOR que la primera clase.

Sin embargo, justo antes de que las puertas se cerrasen, una pareja subió a bordo. Y llevaban un BEBÉ con ellos.

Pensé que no ocuparían mi fila, porque solo había DOS asientos libres. Pero el bebé se sentó sobre el REGAZO de su madre.

A ver, si yo fuera el jefe de la compañía aérea, solo se sentaría una persona por asiento. Porque si esta pareja hubiera tenido GEMELOS, imagínate a dónde hubiéramos ido a parar.

Les pregunté si querían que me cambiara de asiento para estar juntos. Pero la madre dijo que prefería la ventanilla, y el padre, que prefería estar junto al pasillo.

Justo después, se escuchó la voz del piloto por megafonía. Dijo que antes de despegar veríamos un breve video de seguridad para enseñarnos cómo actuar en caso de emergencia.

Para empezar, como la idea de volar me ponía nervioso, no me gustó la perspectiva de que hubiera una "emergencia". Así que comencé a ver el video con mucha ATENCIÓN.

Pero, por lo que vi, yo era el único que lo HACÍA. Todos los demás estaban distraídos.

Al principio, el video explicaba cosas tan básicas como abrocharse el cinturón de seguridad.

Pero después se puso más SERIO.

La voz del locutor dijo que si se producía una "pérdida de presión en la cabina", saldrían del techo mascarillas de oxígeno. Bueno, no sé qué es la "presión en la cabina", pero no me gustó la idea de que pudiéramos PERDERLA.

En cambio, la gente que salía en el video no parecía NADA preocupada cuando las mascarillas de oxígeno caían del techo. De hecho, hasta parecían FELICES.

Entonces el video mostró una situación más GRAVE. El locutor dijo que en caso de "aterrizaje en el agua" debíamos evacuar el avión.

Yo ya estaba aterrorizado DE VERDAD.
Pensaba que los aviones estaban hechos con un solo
propósito: permanecer en el AIRE.

El video informó que existían salidas de
emergencia, y que los pasajeros sentados en las
filas cercanas a estas debían retirar las puertas
para facilitar la evacuación.

Yo tenía la salida de emergencia en la fila de atrás,
y me percaté de que los pasajeros allí sentados no le
hacían NINGÚN caso al video. Me las arreglé para
que dejaran sus revistas y prestaran atención.

A los auxiliares de vuelo no parecía importarles que
nadie atendiese al video de seguridad. Supuse que
quizá tenían sus PROPIAS salidas, así que si había
algún problema, me bastaría con SEGUIRLES.

El video mostraba el avión sobre el agua, con unos
toboganes inflables que partían desde las salidas de
emergencia. Hasta parecía DIVERTIDO, y todo.

Entonces el video informó que los cojines de los asientos ocultaban unos "chalecos salvavidas", cada uno de los cuales llevaba atado un silbato. Como yo tenía algunas preguntas, pulsé el botón que había por encima de mi asiento para llamar al auxiliar de vuelo.

Solo quería saber si, en caso de aterrizaje en el agua plagada de tiburones, era buena idea emplear el silbato. A MI entender, aquello sería como darles almuerzo gratis a los tiburones.

El auxiliar de vuelo me dijo que no tenía que preocuparme, porque habían rociado los cojines de los asientos con repelente para tiburones, y eso los mantendría a raya.

Al principio me alegré de oír aquello, pero luego me pregunté si no me estaría tomando el pelo.

Seguía sin verle el sentido a los silbatos. Nadie te va a oír si tocas el pito cuando estás en medio del océano.

Y si tuvieras mucha suerte y pasara un crucero por allí, créeme: ESA GENTE no se detendría para recogerte.

PIÍÍ

PIÍÍ

Yo ya estaba hecho polvo cuando acabó el video, ¡y eso que AÚN no habíamos despegado! Pero al cabo de pocos segundos, el avión empezó a rodar por la pista, y de pronto supe que estábamos en el AIRE.

VROOM

Para qué mentir: no abrí los ojos durante todo el despegue. Ni siquiera me di cuenta de que estaba conteniendo la respiración hasta que por poco me desmayo.

Cuando el avión se niveló, la pareja que tenía a mi lado empezó a darle de comer al bebé.

Ya sentía náuseas desde el despegue, y el olor a
puré de guisantes tampoco es que ayudara mucho.

Pensé que iba a vomitar, pero no sabía dónde
HACERLO. Entonces descubrí una bolsa blanca
de papel en el bolsillo del asiento de enfrente, y me
imaginé PARA QUÉ servía.

El auxiliar de vuelo ya parecía molesto conmigo, así que supuse que no le haría ninguna gracia que le entregara una bolsa con vómito.

De alguna manera conseguí arreglármelas sin vomitar durante la comida. Me habría encantado decir lo mismo del BEBÉ.

Después de que la señora lo limpiara, rebuscó en su bolsa y le dio al bebé un par de juguetes para que se distrajera.

Uno de los juguetes era un martillo de plástico.
Y tan pronto como el bebé lo tuvo en sus manos,
empezó a golpear la VENTANILLA.

He oído que, si se rompe la ventana de un avión,
el EXTERIOR absorbe todo lo que está dentro. Y
la idea no me gustó nada de nada.

Así que, cuando la señora no estaba mirando, le quité
el martillo al bebé y lo escondí debajo de mi asiento.

Por desgracia, el bebé se puso a llorar.

A la gente le molesta escuchar el llanto de un bebé en un avión y todos empezaron a taladrarnos con la mirada. Por suerte, la señora llevaba un biberón en su bolsa, y eso tranquilizó al pequeñín durante un rato.

A mí también me rugían las tripas, así que pulsé el botón para llamar al auxiliar de vuelo y le pregunté cuándo nos darían de COMER. Pero me respondió que sólo servían comidas a los pasajeros de primera clase, y me dio una bolsita de cacahuetes para que me entretuviera.

Entonces recordé los aperitivos que había comprado antes de subir al avión. Pero ENTONCES me di cuenta de que estaban en mi maleta, en la bodega.

Supongo que mamá también pensaba en comida. Porque en cuanto el piloto informó que habíamos alcanzado la "altitud de crucero" y nos permitieron movernos por la cabina, mamá se desabrochó el cinturón de seguridad y se fue a la primera clase con Manny, justo a la hora de comer.

Sentí que una cosa fría y húmeda me tocaba el codo izquierdo, y luego OTRA COSA me tocó el codo DERECHO. El tipo del asiento de atrás se había quitado zapatos y calcetines, y había deslizado los pies por los espacios entre los asientos.

Deduje que a ese tipo le parecía de lo más normal convertir mis REPOSABRAZOS en sus REPOSAPIÉS.

Comenzaba a sentirme encajonado y entonces la persona que ocupaba el asiento delante de mí lo inclinó hacia atrás todo lo que pudo, hasta apenas unas pulgadas de mi cara.

Traté de inclinar MI asiento hacia atrás, pero no pude encontrar el botón para hacerlo.

Así que llamé al auxiliar de vuelo y le pregunté dónde estaba el botón. Pero me respondió que los asientos de mi fila no eran reclinables para no bloquear la salida de emergencia.

Entonces empecé a SUDAR. Pensé que si leía alguna revista me olvidaría de que me sentía atrapado, pero lo único que había en el bolsillo del asiento era un catálogo comercial de cachivaches que nadie necesita nunca.

Mantapizza

¿Le dan ganas de saquear la nevera de madrugada? Cálmelas con la Mantapizza, la ropa de cama comestible, caliente y sabrosa.

Gafasiestas

Cuando no soportas esa aburrida reunión, las Gafasiestas te harán parecer despierto… ¡aunque no lo estés!

Burbujófono

Proteja su móvil en días lluviosos con esta burbuja de plástico transparente.

Mis compañeros de fila veían una película, así que supuse que podría conectar mi pantalla y echar un vistazo. Parecía una comedia, pero mis auriculares se encontraban en mi maleta, y sin ellos resultaba difícil entender de qué se trataba.

Cambié de canal para ver qué MÁS había para distraerme. Un canal tenía un programa infantil, y el bebé de al lado se interesó en él. Y cuando lo cambié para poner otra cosa, el bebé empezó a BERREAR.

Cuando VOLVÍ a poner ese canal, el bebé paró de llorar.

No me molestaba que el bebé viera el programa, pero tenía la pantalla DEMASIADO cerca de mi cara. Los colores eran tan brillantes que me puse el antifaz que había en el bolsillo del asiento y, aun así, TODAVÍA podía ver lo que pasaba.

El bebé empezó a llorar de nuevo cuando acabó el programa. Pero de NINGUNA manera yo iba a seguir viéndolo el resto de la noche.

Así que decidí que era el momento perfecto de pasarme a la primera clase.

Pero Rodrick me vio las intenciones, y se levantó
de su asiento antes que yo. Y una vez atrincherado
en primera, sabía que de allí no lo iban a mover en
un buen rato.

Cuando mamá y Manny regresaron a sus asientos,
vi que la puerta de la cabina se abría detrás de
ellos y el piloto salía.

Pensé que se habría producido algún tipo de
EMERGENCIA, así que pulsé el botón y le
pregunté al auxiliar de vuelo qué sucedía. Dijo que
el piloto solo iba a estirar las piernas e ir al baño, y
que el copiloto lo tenía todo bajo control.

No me hizo gracia saber que volábamos sin uno de los pilotos, aunque solo fuese por unos minutos.

Personalmente, no creo que dos pilotos sean SUFICIENTES, incluso cuando AMBOS se encuentren en la cabina. Supongo que lo hacen para que, si a uno de ellos le da un soponcio, el otro pueda pilotar el avión.

Le pregunté al auxiliar de vuelo qué sucedería si el OTRO piloto se asustara o le diese otro soponcio.

El auxiliar me dijo que no me preocupara, porque estos aviones tienen una tecnología tan avanzada que prácticamente pueden volar SOLOS.

Bien, he oído que los pilotos ganan mucho dinero. Si el auxiliar de vuelo me decía la VERDAD, entonces ese podría ser un buen trabajo para MÍ.

Cuando el piloto salió del baño, imaginé que sería buena idea ir yo también. El único problema era que el hombre de mi derecha estaba profundamente dormido y yo no podía pasar sin despertarlo. Así que pasé por DEBAJO de él, y la verdad es que no resultó muy divertido.

Caminé hacia la parte delantera del avión, pero
antes de llegar a la primera clase, la azafata me
dijo que los pasajeros de la clase turista tienen que
utilizar los baños de la parte TRASERA.

Los baños de la clase turista eran realmente
pequeños, pero lo prefería CIEN veces a seguir
encajonado en mi asiento. Era como disfrutar de
un microapartamento solo para mí.

¡AAAHHH!

En clase de ciencias aprendimos que los excrementos humanos se congelan cuando salen despedidos de los baños de los aviones. Un tipo de mi ciudad encontró un pedazo de caca que había caído de un avión y creyó que se trataba de un METEORITO.

EXCLUSIVA: UN METEORITO SE ESTRELLA CONTRA UNA CABAÑA

Supongo que aquel tipo esperaba venderlo por un montón de plata, pero cuando se derritió supo que carecía de valor.

LABORATORIO

ZAS ZAS

Una vez instalado en el baño, supuse que no tenía por qué regresar a mi asiento. Así que, cuando alguien venía para usarlo, imitaba los sonidos propios de un inodoro hasta que se marchaba.

Alguien necesitaba entrar de verdad, porque sacudió el picaporte tan fuerte que pensé que iba a ROMPERLO. Luego se marchó. Pero unos minutos más tarde, todo el baño empezó a temblar.

Quienquiera que fuese, tenía más necesidad que yo de usar el baño, de modo que abrí la puerta. Pero AHÍ no había nadie. Entonces me di cuenta de que no solo temblaba el baño, sino también todo el AVIÓN.

Creí que habíamos aterrizado sobre el agua o perdido un motor o algo parecido. Pero entonces se escuchó la voz del piloto por megafonía:

Eso no ME sonó nada bien. Supuse que lo que había sucedido EN REALIDAD era que el piloto se había dormido en su asiento y había accionado sin querer algún control del panel de mandos, y luego se había inventado la excusa de la "turbulencia". Porque eso es lo que yo haría en su lugar.

Supongo que el auxiliar de vuelo percibió mi inquietud. Insistió en que habíamos pasado por una pequeña "turbulencia", lo cual era perfectamente normal en un vuelo como aquel.

Bueno, si eso es lo NORMAL, entonces no hay ninguna posibilidad de que me haga piloto. Porque si yo estuviera pilotando el avión, lo abandonaría a la menor señal de problemas.

El auxiliar de vuelo me dijo que debía volver a mi asiento y abrocharme el cinturón de seguridad. Pero cuando regresé allí, estaba ocupado.

No quería mover al bebé, porque sabía que iba a despertarlo y empezaría a llorar otra vez.

Así que fui a la parte delantera del avión para echar a Rodrick de la primera clase y DEJARLO que se las arreglara con el bebé. Pero no pude LLEGAR hasta él. Una de las ruedas del carrito de las bebidas se había roto a causa de la turbulencia, y me bloqueaba el camino.

Me había quedado sin opciones, así que regresé a mi asiento. No me pregunten cómo, pero fui capaz de dormir una o dos horas. Y me sentía tan cansado que ni siquiera me desperté cuando aterrizamos.

Martes

Estaba tan preocupado con sobrevivir al vuelo que
ni siquiera me planteé adónde ÍBAMOS. Pero
cuando salí del avión, fue como caminar por un
mundo totalmente nuevo.

Tengo que admitir que, tan pronto como sentí
aquella brisa tropical acariciarme la piel, comprendí
por qué papá deseaba escapar del frío.

67

Recogimos el equipaje de la cinta transportadora, y luego seguimos las señales que nos condujeron a un enorme autobús que nos esperaba.

Aunque hacía un tiempo muy AGRADABLE afuera, el aire acondicionado del autobús era MEJOR. Y los asientos de este vehículo eran más cómodos que los de primera clase.

Cuando todos los pasajeros se subieron al autobús, nos dirigimos al complejo hotelero. Se podía ver un video en los monitores, y parecía un MILLÓN de veces más divertido que el del avión.

El video mostraba las divertidas actividades del complejo hotelero, y me interesaban TODAS.

Una de las actividades era nadar en compañía de delfines, y eso es algo que SIEMPRE he deseado hacer.

También había OTRAS cosas muy chulas. Muchas. Esperaba que nos permitieran COMBINAR las actividades, de modo que pudiera probarlo todo antes de regresar a casa.

Me sentía un poco culpable por haber sido tan negativo con respecto a ese viaje, y me volví para decirles a mamá y a papá que lo sentía mucho. Fue un error: debería haber estado más atento al video.

Cuando salimos del autobús en el complejo hotelero, los empleados nos dieron la bienvenida y obsequiaron a mamá y papá con bebidas heladas.

¡BIENVENIDOS AL PARAÍSO!

Les entregamos las maletas a unos tipos con guantes blancos, que dijeron que las llevarían a nuestra habitación. Estaba IMPRESIONADO.

Fuimos al mostrador y la recepcionista nos explicó cómo funcionaba todo. Dijo que todos los gastos estaban incluidos, de modo que no necesitábamos pagar con dinero efectivo ni con tarjeta de crédito.

El método de pago eran unas pulseras con microchips.

Mamá y papá dijeron que querían alojarse en el mismo edificio donde habían pasado su luna de miel, pero la recepcionista dijo que el complejo hotelero había CAMBIADO desde entonces. Dijo que ahora estaba dividido en dos mitades, el "Lado Salvaje" y el "Lado Tranquilo".

El sitio donde habían estado mamá y papá era el Lado Salvaje, pero allí no se admitían niños. Así que nos enseñó en un mapa dónde se ubicaba nuestro edificio.

COMPLEJO Isla de CORALES

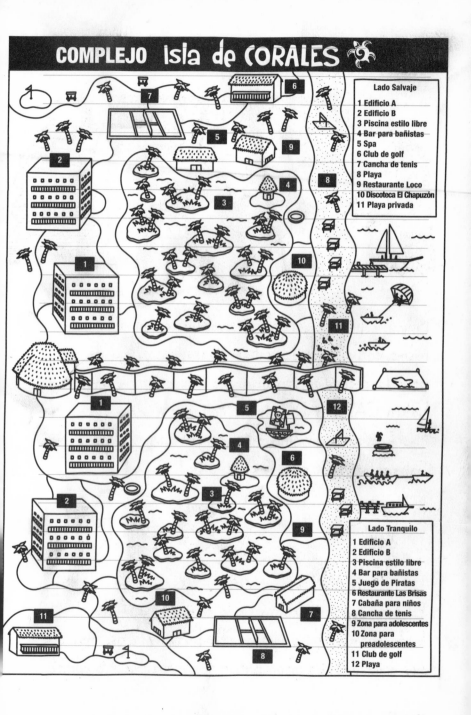

Lado Salvaje

1 Edificio A
2 Edificio B
3 Piscina estilo libre
4 Bar para bañistas
5 Spa
6 Club de golf
7 Cancha de tenis
8 Playa
9 Restaurante Loco
10 Discoteca El Chapuzón
11 Playa privada

Lado Tranquilo

1 Edificio A
2 Edificio B
3 Piscina estilo libre
4 Bar para bañistas
5 Juego de Piratas
6 Restaurante Las Brisas
7 Cabaña para niños
8 Cancha de tenis
9 Zona para adolescentes
10 Zona para
   preadolescentes
11 Club de golf
12 Playa

73

Yo diría que a papá no le hacía gracia el cambio, pero según mamá aquello estaba MEJOR. Dijo que se trataba de un viaje FAMILIAR, y que de todos modos no necesitábamos estar rodeados de parejas jóvenes con ganas de fiestar.

No me importaba mucho en QUÉ lado del complejo íbamos a estar, porque me parecía que ambas mitades tenían básicamente las mismas cosas. Lo que me importaba de verdad era la HABITACIÓN.

Cuando mi familia duerme en un hotel, todos compartimos habitación, y me toca dormir en un catre o en un sofá cama. Así que me sorprendió descubrir que estábamos en una SUITE muy AMPLIA.

Había dos habitaciones en la suite. El baño era compartido, pero Rodrick y yo teníamos una cama para cada uno, que era lo principal. No había duda de que papá y mamá se habían gastado un MONTÓN de plata en ese viaje.

La habitación que iba a compartir con Rodrick tenía televisión. Pero eso no era todo: ¡había un ALBORNOZ en el armario!

Enseguida dije que era para mí, pero Rodrick ni se molestó en reclamarlo.

Rodrick siempre se ríe de mí cuando me pongo el albornoz de mamá en casa. Opino que los albornoces son FANTÁSTICOS, y mucha gente estaría de acuerdo conmigo al respecto.

La ducha del baño era ENORME, y los lavabos y el suelo y todo lo demás era de mármol. Había una televisión encima de la bañera, e incluso había un TELÉFONO junto al inodoro.

Imaginé que, si dispusiera de servicio de habitaciones en el baño, tendría todo lo necesario en un solo sitio.

Desde la terraza de mamá y papá se veía la piscina del Lado Salvaje del complejo. Y era realmente grande.

Pero no era una piscina de formas regulares. Más bien parecía una especie de lago con varias islas. Mamá dijo que era una de las mejores piscinas de "estilo libre" del MUNDO.

Eso me entusiasmaba, porque sabía que en NUESTRO lado del complejo había más o menos las mismas cosas. Quería ir a echar un vistazo, pero antes necesitaba cambiarme de ropa.

Fui a abrir la maleta grande, pero estaba cerrada con llave. Le pedí la llave a papá, pero respondió que nuestra maleta NO TENÍA cerradura con llave. Papá examinó la etiqueta de la maleta, y tenía escrito el nombre de OTRA persona.

Resulta que habíamos recogido por error una maleta equivocada en el aeropuerto. Papá llamó de inmediato a la compañía aérea para comprobar si aún tenían NUESTRA maleta.

Pero los de la compañía aérea respondieron que,
como nadie la había reclamado, la habían devuelto a
la dirección que constaba en la etiqueta.

Pero tampoco era un desastre TOTAL. En el
aeropuerto, habíamos pasado ropa de la maleta grande a
las bolsas de mano, así que teníamos algunas prendas.

Tenía mi bañador, pero me faltaban MUCHAS
cosas. Las chanclas y las gafas de sol se habían
quedado en la maleta grande, así como un montón
de objetos de todo tipo. Papá dijo que en la tienda
del complejo podríamos comprar todo lo que nos
faltaba, así que bajamos a comprobarlo.

El problema era que todo lo que vendían era
como cinco veces más caro que en casa, y papá se
negaba a pagar esos precios.

Mamá dijo que podíamos llevar la misma ropa todos los días
y lavarla nosotros mismos. De modo que solo compramos
un frasco de crema solar y un cubo para Manny.

Mamá dijo que es muy importante ponerse
protección solar en un sitio como ese, porque
está muy cerca del ecuador. Pero no tenía que
CONVENCERME. He visto lo que el sol puede
hacerle a la piel, y no quiero estar arrugado como
una uva pasa cuando sea mayor.

Por eso procuro pasar todo el tiempo posible en el interior. Más tarde, mis amigos desearán haberlo hecho ELLOS también.

Yo creía que íbamos a estar solos: como íbamos en Navidad... Pero supongo que un montón de gente había tenido la misma idea.

Pero no solo la PISCINA estaba atestada. Había gente por TODAS PARTES. Quería relajarme en el jacuzzi... hasta que lo vi.

Encontramos unas sillas de playa a la sombra y pusimos nuestras cosas en el suelo. Se notaba que estábamos en invierno porque nadie parecía estar demasiado en forma, al igual que yo.

A veces pienso que debería hacer ejercicio y ponerme fuerte. Pero apuesto a que, en el futuro, todos se limitarán a tomar una pastilla para estar musculosos sin necesidad de hacer ejercicio.

Tener un cuerpo macizo será lo NORMAL, y la gente que NO esté en forma será la más atractiva. Así que, si mantengo mi forma física como hasta ahora, tendré los problemas resueltos.

La piscina estaba demasiado llena como para nadar, así que decidí cubrirme con una toalla y echarme una siesta.

Aunque hacía algo de calor, soplaba una brisa agradable, y pronto empecé a quedarme dormido. Pero cuando estaba en mitad de la siesta, apareció un tipo y me arruinó el descanso.

El tipo se presentó como el "jefe de animadores", y al parecer su trabajo consistía en tener a la gente en constante MOVIMIENTO.

Por desgracia, hacía su tarea muy bien, y no sé cómo ME enganchó para una de sus actividades.

Pero ojalá NO LO HUBIERA HECHO, porque
tanto contacto físico me resultaba algo incómodo.

LA CONGA
DE JALISCO...

Después de que acabara la conga, el jefe de animadores
dijo que la siguiente actividad sería el "Rescate
del Tesoro". Solo para chicos. No me interesaba
participar en un estúpido juego infantil, así que me
volví a sentar. Pero cuando mostró un enorme cubo
lleno de MONEDAS, eso llamó mi atención.

Nos dijo a todos los chicos que nos situáramos
alrededor del borde de la piscina, y entonces
empezó a arrojar al agua puñados de dinero. Y no
se trataba de unos SIMPLES centavos.

Había monedas de diez centavos y cuartos de dólar, y me pareció ver también algunos DÓLARES DE PLATA.

Cuando el cubo estuvo vacío, debía de haber en el fondo de la piscina al menos cuatrocientos dólares. Todos aguardábamos en el borde a que el jefe de animadores soplase el silbato.

Cuando lo hizo, se produjo un auténtico desmadre.

Me las arreglé para conseguir en mi primera zambullida unos dos dólares en menudo, y los deposité al borde de la piscina. Pero un chico con las manos demasiado largas se abalanzó sobre las monedas y me dejó pelado.

Pero no era el único tramposo. Un chico llevaba PANTALONES en la piscina, y se LLENÓ los bolsillos de monedas.

Los DEMÁS lo imitaron. Los chicos almacenaban las monedas donde PODÍAN.

Cuando se acabó todo, calculé que había rescatado cerca de tres dólares en menudo. Después que los chicos salieron de la piscina, supuse que era un buen momento para meterme en el agua y nadar a gusto.

Localicé en la piscina un lugar a la sombra y me apoyé en la pared. Entonces oí un crujido en los arbustos que tenía detrás, y de pronto me encontré cara a cara con algo que parecía salido directamente de Parque Jurásico.

Escapé de allí tan deprisa, que casi fui dando saltos sobre el agua.

PLAS   PLAS   PLAS

Le conté al socorrista que había una especie de
DINOSAURIO en el borde de la piscina y que
tenía evacuar a la gente de allí antes de que
alguien resultara HERIDO.

Pero el socorrista ni se inmutó. Dijo que el lagarto
gigante solo era una IGUANA, y que están POR
TODO el complejo. Después añadió que en ocasiones a
las iguanas incluso les gusta bañarse en la piscina.

Bien, eso lo cambió TODO para mí. Creo que
los lagartos gigantes deberían estar en un
ZOOLÓGICO, y no mezclados con los seres humanos.

Por mi parte, había TERMINADO con la piscina, así
que le pregunté a mamá si podíamos ir a comer algo.

Le pareció una buena idea, y encontramos un lugar cercano con un patio al aire libre.

Pero la terraza de afuera resultó ser un problema. Para empezar, allí no solo había iguanas, sino también lagartijas, salamandras y quién-sabe-qué-más bichos acechando entre las plantas.

Pero no solo había LAGARTOS. También había BABOSAS, y tuvimos que apartarlas de la mesa con nuestros cubiertos.

El camarero nos sirvió vasos de agua de una jarra, pero mamá nos dijo que no la bebiéramos. Según ella, nuestros estómagos no estaban acostumbrados a los microbios del agua de allí, de modo que había que tomar agua EMBOTELLADA.

Pero papá dijo que él no tendría ningún PROBLEMA, porque había viajado por todo el mundo y su estómago era capaz de resistir CUALQUIER COSA.

Yo, por mi parte, no quería correr riesgos. Pedí gaseosa y la eché en un vaso, y también encargué una hamburguesa con patatas fritas.

Cuando llegó la comida, algunos pájaros se posaron en los árboles alrededor de nuestra mesa. Al principio no me importó, porque cuando aparecieron los pájaros, los lagartos regresaron corriendo a los arbustos.

Entonces un pájaro, que parecía tener una pata herida o algo por el estilo, comenzó a dar saltitos por el suelo alrededor de la mesa.

Pero se trataba de un TRUCO. En cuanto giramos las cabezas para mirarlo, los OTROS pájaros se abalanzaron sobre nuestra comida.

Conseguimos espantar a los pájaros, no sin que antes se llevaran la mitad de nuestra comida. Lo único que NO tocaron fueron las bebidas. Pero dio igual. Algunas babosas se habían metido en mi gaseosa, pero por suerte las detecté antes de dar el primer sorbo.

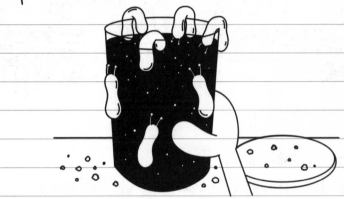

Pensé que habíamos ido al PARAÍSO, pero resultó que estábamos en un lugar de PESADILLA.

Solo quería volver a la habitación y QUEDARME allí, pero mamá dijo que apenas habíamos empezado a explorar el complejo. Entonces papá comentó que él también quería volver a nuestra suite. Añadió que no se sentía demasiado animado y que nos convenía descansar después del vuelo.

Nos dirigimos a nuestro edificio, pero papá tuvo que hacer una parada de emergencia en el baño del vestíbulo. Luego tuvo que ir DE NUEVO al baño de al lado del gimnasio. Así que deduzco que mamá tenía razón con respecto al agua.

El resto del día no fue muy divertido para NINGUNO de nosotros. Cuando al fin alcanzamos nuestra suite, papá se encerró de inmediato en el baño, y mamá me mandó a la tienda de abajo para comprarle a papá una medicina para el estómago.

Pero las etiquetas no estaban en inglés, así que compré algo que podría CURAR la diarrea, o tal vez PROVOCARLA.

La medicina no parecía funcionar, así que lo escuchamos gemir y quejarse durante toda la noche.

Probé a poner una película en mi cuarto con el volumen muy bajo. Pero mi habitación estaba abierta al exterior, de modo que, nada más encender la tele, un montón de polillas se arremolinó sobre la pantalla.

Tuvimos que apagar la televisión y TODAS las luces de la habitación, para que las polillas volvieran al exterior. Rodrick y yo nos pasamos media noche sentados en la penumbra.

De todos modos, me sentía muy cansado, por lo que supuse que me pasaría la noche durmiendo a pierna suelta. Sin embargo, nada más meterme en la cama, comenzó a sonar música en el Lado Salvaje del complejo hotelero. Y esa gente y se pasó TODA la noche de fiesta.

Lo más demencial era que, a esas alturas, había olvidado que estábamos en NAVIDAD. No sabía el rumbo que tomarían estas vacaciones, pero me pareció que solo podían MEJORAR.

Miércoles

Podría haber dormido catorce horas, pero me
desperté al amanecer por el barullo que hacían las
aves tropicales delante de mi ventana.

Cuando salí de la cama, mamá ya estaba despierta.
Dijo que papá se había pasado toda la noche en
el baño y que teníamos que marcharnos para que él
pudiese recuperar algo de sueño.

Yo estaba listo para comenzar un día refrescante,
así que me puse el traje de baño y me dirigí hacia la
puerta. Pero mamá me dijo que Rodrick y yo teníamos
que hacer las camas y ordenar la habitación.

Le recordé a mamá que estábamos de vacaciones, y que el servicio de habitaciones ya lo haría por nosotros. Pero ella dijo que no íbamos a vivir como ANIMALES por el mero hecho de estar de vacaciones.

Le dije a mamá que lo mejor de estar de vacaciones es que alguien lo limpie todo a tu paso, pero ella me respondió que esta semana NOSOTROS nos íbamos a ocupar de limpiarlo todo. Entonces colgó en la puerta el cartel de "No molestar" para que la camarera ni siquiera entrase en la habitación.

Le pregunté a mamá cómo se suponía que íbamos a conseguir toallas y sábanas limpias, y ella dijo que, si fuera necesario, las lavaríamos en el baño, y que haríamos lo mismo con nuestra ropa.

Mamá no bromeaba con lo de que fuéramos nuestra propia lavandería. De hecho, Manny estaba en el lavabo frotando unos calzoncillos de papá, y estoy seguro de que lo hacía con el cepillo de dientes de Rodrick.

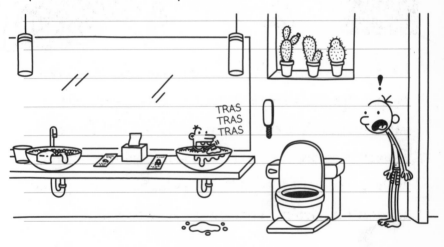

Personalmente, opino que lo mejor de estar en un hotel es disponer de toallas y sábanas limpias todos los días. Pero mamá dijo que en la lavandería de los hoteles emplean toneladas de detergente, y que si reutilizábamos las toallas y sábanas sería más ecológico.

Entonces vi que había tarjetas por todo el baño para hacerte sentir culpable si pedías ropa limpia.

Mamá dijo que deberíamos bajar a la playa, pero yo solo quería darme una ducha. La verdad es que deseaba estar SOLO, porque sabía que si ella seguía allí me vendría con el cuento de que estaba usando demasiada agua caliente.

Lo demencial de la ducha era que estaba al aire libre. Me costó un poco acostumbrarme a ello, porque me preocupaba que alguien me viera por encima del muro.

Supongo que hay personas que se sienten cómodas estando desnudas en los espacios abiertos, pero créanme: no soy una de ellas.

Creo que no está bien NACER desnudo, porque directamente te ponen en una situación embarazosa.

Paradójicamente, cuando me acostumbré a aquella ducha al aire libre, me volví ADICTO. La ducha tenía diferentes modos de suministrar el agua, como "latido" y "masaje". Los fui probando uno a uno. Mi favorito era el de "lluvia".

Debí de pasarme allí unos tres cuartos de hora. Cuando terminé, salí de la ducha y me puse el albornoz. Pero cuando traté de calzarme la zapatilla derecha, había algo que me impedía meter todo el pie.

Tomé la zapatilla y la agité, y de allí salió una
ARAÑA gigantesca.

Sin embargo, no se trataba de una araña COMÚN
Y CORRIENTE. Esa cosa era tan grande como mi
MANO. Cuando cayó al suelo, me subí al mueble del
lavabo para no estar al mismo nivel que ella.

Les tengo fobia a las arañas desde los siete años.
Un verano, cuando estaba en el garaje de mi casa,
encontré en un rincón algo que parecía una bola de
algodón, y lo toqué con el palo de una escoba.

Pues bien, no era una bola de algodón. Era una
BOLSA DE HUEVOS, y estaba llena de miles de
pequeñas ARAÑAS.

Cuando empecé a ir a la escuela en otoño, la
profesora nos hizo rellenar un formulario donde una
de las preguntas era qué queríamos ser de mayores.

Todos respondieron "astronauta" o "veterinario" o
cosas por el estilo. Pero YO no.

¿Cuál es tu color favorito?
AZUL

¿Cuál es tu animal favorito?
PERRO

¿Qué te gustaría ser cuando
seas mayor?
DESINSECTADOR

Hoy en día, cuando veo una araña, me recuerda a cuando tenía siete años. No las SOPORTO ni en pintura.

Solo diré que si yo fuese un personaje de La telaraña de Carlota, habría sido un libro muy breve.

Supuse que, con mi mala suerte, la araña gigante que estaba en el suelo del baño era VENENOSA. He leído que algunas arañas pican a sus presas, y luego las envuelven en su tela para poder devorarlas vivas, lo cual NO me hace gracia.

Por alguna razón, la araña no se movía. Una de dos: o bien creía que estaba camuflada en el suelo de mármol y que yo era incapaz de VERLA, o bien estaba en las mismas que yo, pensando qué hacer.

Me planteé arrojarle la zapatilla, pero estaba tan nervioso que podía fallar y ENOJARLA. Y aunque ACERTARA, la zapatilla probablemente no le habría causado ningún daño a esa monstruosidad.

Llamé a papá para que viniera a ayudarme, pero la única respuesta que obtuve fue un débil quejido procedente de su dormitorio. Entonces me acordé del TELÉFONO. Marqué el 911, y solo salió un mensaje pregrabado.

El teléfono tenía otros botones, pero ninguna de las opciones encajaba para la situación en que me encontraba. Así que pulsé el botón del "Servicio de habitaciones", porque me pareció lo más indicado.

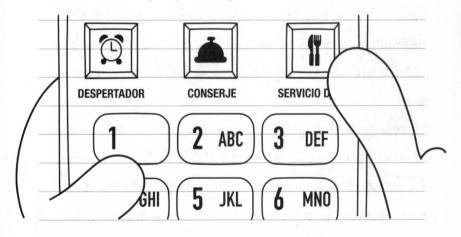

Contestó una mujer, y le conté el problema de la araña y que necesitaba que enviaran a alguien lo más RÁPIDO posible. Sin embargo, o yo estaba hablando demasiado deprisa o se produjo algún malentendido, porque ella insistió en preguntarme qué quería para DESAYUNAR.

Me di por vencido y encargué huevos revueltos con una loncha de beicon. A decir verdad, no me importaba a QUÉ precio hacer que alguien viniera, mientras llegara DEPRISA.

Cuando traté de colgar el teléfono, este se me escurrió de la mano y golpeó el inodoro. El ruido sobresaltó a la araña, que corrió por el suelo y se detuvo justo delante del lavabo.

Aquel bicho estaba aún más CERCA, y yo estaba demasiado asustado como para moverme.

Permanecí de pie inmóvil cerca de un cuarto de hora, sin apenas atreverme a respirar. Pero cuando sonó el teléfono, la sorpresa casi me hizo perder el equilibrio.

Era el camarero del servicio de habitaciones. Dijo que había ido a nuestra suite para entregarme la comida, pero que había visto el cartel de "No molestar" y había regresado a la cocina.

Le dije que VOLVIERA a la habitación y que tenía permiso para abrir la puerta a patadas, si lo consideraba necesario.

Cuando colgué el teléfono, la araña empezó a correr de nuevo. Me preocupaba que averiguara mi paradero y fuera a mi encuentro. Miré a mi alrededor por si podía usar algo para DEFENDERME, pero la única cosa a mi alcance era un vaso sobre el lavabo.

Me percaté de que, si la araña se acercaba lo suficiente, podría ATRAPARLA. En efecto, se puso justo debajo de mí. Y cuando lo hizo, me las arreglé para ponerle el vaso encima.

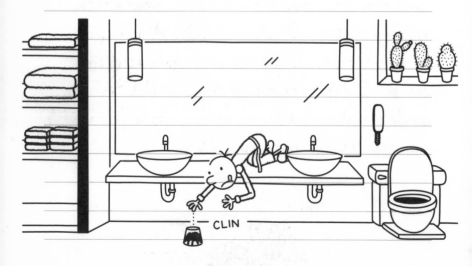

CLIN

La araña se retorció dentro del vaso, pero le resultaba imposible ESCAPAR. Me bajé lentamente del mueble del lavabo y retrocedí por el baño, sin apartar la vista de la araña. Pero cuando me giré para salir, me di de bruces con el CAMARERO.

Todo aquel ruido hizo que la araña se moviera otra vez, y arrastrara el vaso CON ella. Al principio no me preocupó, porque todavía seguía atrapada dentro. Entonces se puso encima de un DESAGÜE donde el suelo se hundía un poco, y eso le proporcionó suficiente espacio para escabullirse.

En ese momento descubrí que el tipo del servicio de habitaciones tenía el mismo problema que yo con las arañas.

Sabía que me correspondía a mí encargarme de la araña, y la intenté atrapar con la tapadera de la comida. Pero no resultaba fácil, porque aquella cosa se movía en zigzag por todo el lugar.

Por fin conseguí pillar la araña contra la pared.
No sabía qué hacer a continuación, porque en
el instante en que levantara la tapadera de la
comida, se iba a escapar y correr de nuevo.

Noté que una pata de la araña asomaba por
debajo de la tapa.

Traté de mover la tapa para cubrir la araña
completamente, pero supongo que apreté demasiado
fuerte, porque la pata se DESPRENDIÓ.

La araña también cayó al suelo, y parecía haberse
vuelto LOCA. Yo corría de puntillas, intentando
asegurarme de que no me PICASE.

Entonces la araña cometió un gran error. Trepó hasta el borde del inodoro, le propiné un zapatillazo y cerré de golpe la taza. Entonces, el tipo del servicio de habitaciones se encargó del resto.

Debo decir que los dos hacíamos un buen equipo. Y si alguna vez decido poner en marcha ese negocio como desinsectador, debería asociarme con este tipo.

Después de mi encuentro con la araña, estaba deseando salir de la habitación. Tomé el mapa del complejo hotelero para encontrar el camino de la playa, pero me perdí y acabé en el muro que separa el Lado Tranquilo y el Lado Salvaje.

Comprendo que quisieran mantener a los niños apartados de este. Pero si les importa mi opinión, creo que se habían pasado un poco con las advertencias.

Empecé a preguntarme si las pulseras que teníamos que llevar no servirían además como dispositivos de seguimiento. De ese modo, si un niño se colaba por el muro, podrían detenerlo de inmediato.

KZAPP

Cuando llegué a la playa, estaba ABARROTADA de familias. Deduje que la razón del muro era proteger a las parejas del OTRO lado para que no puedan averiguar lo que sucede en ESTE.

Porque, si supieran lo que les espera, no habría LA MENOR POSIBILIDAD de que tuvieran hijos.

Mamá había alquilado una cabaña cubierta para nuestra familia. No me entusiasmaba la idea de compartir una CAMA con el resto de mi familia. Pero me animé a hacerlo, porque al menos de este modo estaría en la sombra.

Recordé las cabañas de playa que salían en el video del autobús que nos trajo al hotel. Mostraban a una pareja contemplando una puesta de sol.

Bien, puede que fuera así al OTRO lado del complejo, pero en el NUESTRO, era una historia completamente diferente.

Mamá nos dijo a Rodrick y a mí que iba a llevar a Manny al baño y que no nos moviéramos de la cabaña. Dijo que había cogido la última que quedaba y que, si la abandonábamos, alguien podría ocuparla.

Una de las familias que aguardaban llevaba EXCESO de ropa para la playa. Reconocí al chico del Rescate del Tesoro del día anterior. Supongo que nadie le había advertido a esa gente que no hay que vestir ropa de invierno cuando estás a más de treinta grados.

Esa familia parecía estar esperando para ponerse a la sombra, y me sentí un poco culpable. Así que traté de evitar el contacto visual.

Mamá y Manny regresaron por fin, y Manny corrió a recolectar conchas.

Mamá abrió el frasco de protector solar y empezó a ponérnoslo a Rodrick y a mí. Me alegraba que papá no estuviese allí, porque siempre se enoja cuando mamá nos hace cosas que podríamos hacer nosotros MISMOS.

Creo que esto forma parte de la estrategia de mamá. Supongo que no quiere que seamos demasiado independientes, porque después no la NECESITARÍAMOS. Pero sospecho que podría salirle el tiro por la CULATA.

Porque, de seguir así las cosas, Rodrick y yo podríamos llegar a la universidad sin siquiera ser capaces de cortarnos las uñas de los pies.

Esta es una de las diferencias de los animales con los humanos. En la escuela aprendí que, cuando un osezno cumple dieciocho meses, su madre lo manda a buscarse la vida por su cuenta.

En cambio, los seres humanos viven con sus padres durante dieciocho AÑOS antes de que estén preparados para integrarse en el mundo.

Si alguna vez soy padre, pienso hacer como los OSOS. En primer lugar, no malgastaré mucho tiempo enseñándoles a mis chicos cosas inútiles como el abecedario, los colores y las formas geométricas.

En el mismo momento en que mi hijo sea capaz de cruzar la calle él solito y pedir una hamburguesa en un restaurante de comida rápida, se irá de casa.

Cuando mamá terminó de embadurnar a Rodrick, le dijo que debería ir a la zona para adolescentes y tratar de hablar con chicos de su edad.

No creo que Rodrick estuviera muy interesado, pero se fue para echar un vistazo. Aquello animó a mamá y dijo que yo podría juntarme con los preadolescentes, que estaban en la playa buscando tesoros. Pero saltaba a la vista que la "búsqueda del tesoro" era una operación encubierta de limpieza de la playa, y de ninguna manera COLABORARÍA con ese empeño.

Me alegré cuando Rodrick se marchó, porque eso significaba que dispondría de más espacio en la cabaña para MÍ. Pero poco después apareció papá, y se veía muy pálido.

Pensé que aún tendría problemas de estómago, pero no se trataba de eso. Dijo que cuando había ido al baño de la habitación, se había encontrado con una ARAÑA gigante bajo la tapa del inodoro. Deduje que, después de todo, no logramos deshacernos de ella.

Le pregunté a papá qué había sucedido DESPUÉS, y dijo que había aplastado la araña con un albornoz que encontró en el suelo. Así que no volveré a PONÉRMELO jamás.

Le pregunté si había conseguido MATAR a la araña, y respondió que no estaba seguro. Dijo que la araña había DESAPARECIDO después de golpearla.

Bien, la historia de papá me garantizaba que tampoco iba a utilizar el baño de la habitación de nuevo. Por suerte, había una ducha al aire libre cerca de la piscina.

Papá parecía muy agitado por lo ocurrido con la araña, y mamá le recomendó que descansara y respirara hondo. Entonces volvió Manny con su cubo de playa y le enseñó a mamá lo que había recogido.

Creo que mamá esperaba encontrar en el cubo un puñado de conchas de mar, pero estaba lleno hasta arriba de cangrejos ermitaños, caracolas y OTROS bichos vivos.

Y ahora aquellas criaturas se estaban arrastrando sobre nuestro COLCHÓN.

Mamá recogió los bichos del cubo y le dijo a Manny que no podía adoptarlos como MASCOTAS, pero él no pareció entenderlo. Entonces ella volcó el cubo en el agua para dejarlos en libertad.

PLAF

Mamá necesitaba distraer a Manny, así que lo llevó a la caseta de actividades para ver qué tenían para los niños pequeños. Yo no quería pasarme todo el día tumbado en la cabaña, así que acompañé a mamá.

La única actividad que me hacía ilusión era nadar con los delfines. El principal motivo para ESO era que podría RESTREGÁRSELO por la cara a Rowley cuando regresara a casa.

Pero el tipo de la caseta de actividades dijo que todo el mundo quería nadar con delfines y que ya no había cupos libres. Mamá preguntó si podíamos apuntarnos para el día SIGUIENTE, pero el tipo le contestó que tenía completa la SEMANA entera.

Aquello no era lo peor. Todas las actividades DIVERTIDAS, como las motos acuáticas y volar sobre el agua en paracaídas, solo estaban disponibles para el Lado Salvaje. Y las ABURRIDAS estaban en el Lado Tranquilo.

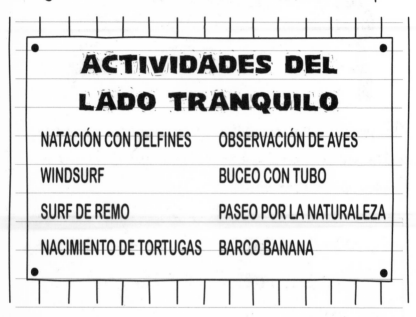

ACTIVIDADES DEL LADO TRANQUILO

NATACIÓN CON DELFINES	OBSERVACIÓN DE AVES
WINDSURF	BUCEO CON TUBO
SURF DE REMO	PASEO POR LA NATURALEZA
NACIMIENTO DE TORTUGAS	BARCO BANANA

A mamá no pareció importarle. Nos apuntó a DOS actividades, el barco banana y el nacimiento de tortugas.

Mamá estaba ESPECIALMENTE entusiasmada con el barco banana. Dijo que podríamos usar la foto para nuestras tarjetas navideñas y enviársela a todo el mundo cuando volviéramos a casa.

ME pareció una idea cursi, pero supongo que nada podía ser más cursi que la tarjeta que la familia de Rowley envió este año.

Jo-Jo ¡Espero que tu familia pase una Feliz Navidad!

Mamá me dijo que tenía que ir a buscar a Rodrick, así que usé el mapa para encontrar el camino de la zona de adolescentes.

Lo más seguro es que la hubiera encontrado SIN el mapa.

Algunos adolescentes estaban jugando al voleibol en
la piscina, y Rodrick era uno de ellos. Pero el partido
se había detenido, porque a una de las chicas se le
había enganchado en la red el piercing del labio,
y Rodrick la estaba ayudando a desenredarlo.

Le dije a Rodrick que debíamos irnos, pero él no parecía tener prisa alguna por marcharse de allí. Conseguí llevármelo al final, pero prácticamente tuve que ARRASTRARLO fuera de la piscina.

Encontramos a los demás junto al mar, donde los estaban equipando con chalecos salvavidas. Mamá le dio su cámara al tipo que los estaba ayudando y le pidió que tomara una foto cuando pasáramos con el barco banana.

Nos metimos en el agua y trepamos a bordo de la embarcación, que estaba sujeta a una lancha motora con una cuerda. Le hicimos al conductor una señal con el pulgar hacia arriba para indicarle que estábamos listos, y zarpamos.

Cuando abandonamos la orilla, comenzamos a ir más deprisa. La mar estaba algo picada, y resultaba complicado agarrarse. Entonces chocamos contra una ola grande, y los tres chicos salimos volando. El conductor de la lancha tuvo que dar la vuelta para que pudiéramos regresar a la embarcación.

Cuando empezamos a movernos de nuevo, llegamos a la zona donde tienen un trampolín, y los niños usaban nuestro barco banana como su OBJETIVO.

Entonces un chico estúpido aterrizó justo en el centro de nuestra embarcación, y la PERFORÓ.

PLOF

El barco banana perdía aire muy deprisa, y el conductor de la lancha nos tuvo que remolcar hasta la orilla. El tipo a quien mamá le había dado su cámara hizo la foto, pero dudo que la usemos para nuestra tarjeta de Navidad.

¡Felicidades!

de parte de la familia Heffley

Después de secarnos, mamá dijo que deberíamos
almorzar. Pero la pareja del avión ya había ocupado
nuestra cabaña, y comer otra vez al aire libre
tampoco parecía buena idea.

Me di cuenta de que en dos DÍAS no habíamos
hecho una comida seria, y no deseaba ir a ningún
sitio donde tuviera que preocuparme por que los
bichos me acecharan para robarme la comida.

Papá dijo que debíamos ir al club de golf, porque era
el único restaurante cubierto del complejo hotelero. A
todos nos gustó esta idea, así que nos dirigimos allí.

Pero cuando llegamos al club de golf, el gerente nos dijo que no podían servirnos. Dijo que tenían un código muy estricto sobre la vestimenta, y que los hombres debían llevar camisas con cuello, y las mujeres usar un vestido.

Papá le respondió al gerente que no TENÍAMOS esas prendas, y él contestó que podía adquirirlas en la tienda de regalos. Pero papá dijo que las camisas con cuello costaban cincuenta dólares cada una, y no había la menor POSIBILIDAD de que comprara cuatro solo para poder almorzar.

Así pues, teníamos que encontrar otro sitio para comer. Rodrick se conformaba con tomar unos perritos calientes en la zona de adolescentes, pero mamá dijo que deseaba que almorzáramos como una FAMILIA.

Yo estaba seguro de que servían hamburguesas con patatas fritas en el bar para bañistas de la piscina, así que fuimos a comprobarlo. Pero después de encargar la comida me replanteé la idea de almorzar en la piscina. Era como comer en una bañera con un grupo de gente desconocida.

Y tampoco se trataba solo de GENTE. Además había un MONO sentado en el otro extremo de la barra.

Papá le preguntó a la camarera acerca del mono, y ella nos contó una historia muy triste. Dijo que ese mono vivía en un gran árbol del complejo en compañía de OTROS monos, y que él era el líder. Pero lo expulsaron cuando llegó uno MÁS JOVEN.

El mono no tenía adónde ir, así que un día apareció por el bar y la gente empezó a pagarle las bebidas. Desde entonces viene todos los días.

Realmente no sabía QUÉ pensar después de oír una historia como esa.

Todo lo que podía decir era que no me emocionaba comer metido en agua de mono.

La televisión retransmitía un importante evento deportivo, y todo el bar lo seguía con interés. Pero de alguna manera Manny se apropió del mando a distancia, y cambió el canal por un programa infantil.

Todo el mundo quería que Manny REGRESARA al canal deportivo, pero cuando Manny quiere ver uno de sus programas, créanme, no hay NADA que hacer.

La gente del bar amenazaba con AMOTINARSE, así
que mamá tomó en brazos a Manny y nos marchamos
de allí, sin darme tiempo a acabar mi hamburguesa.

Rodrick regresó a la zona de adolescentes, y
mamá y papá se llevaron a Manny a la suite para
que echara la siesta.

La verdad es que yo no quería volver a la habitación y arriesgarme a encontrar la ARAÑA otra vez, así que decidí pasar el resto de la tarde en el salón recreativo.

Me las arreglé para que las monedas que había reunido en el Rescate del Tesoro me duraran dos horas y media. Pero algunos chicos presentes en el salón podrían haber resistido DÍAS allí sin gastarse todo su dinero.

Cuando empezó a oscurecer, supuse que era hora de volver a la habitación. Pero en el sendero, a medio camino entre el salón de juegos y nuestro edificio, me encontré con mamá, papá y Manny.

Mamá dijo que todos íbamos a bajar la playa para ver
una hoguera y que, después de eso, presenciaríamos el
nacimiento de las tortugas. Pero antes teníamos que
encontrar a RODRICK.

Esta vez TODOS fuimos a la zona de adolescentes
para buscarlo. Pero ya estaba muy oscuro, así que
no resultó demasiado fácil localizarlo. Y cuando lo
LOGRAMOS, no creo que estuviese encantado de vernos.

Camino de la playa, mamá le dijo a Rodrick que estábamos
en unas vacaciones FAMILIARES, y que no era el lugar
ni el momento para entablar un "romance adolescente".

Rodrick respondió que lo suyo con aquella chica iba EN SERIO y que planeaban pasar juntos tanto tiempo como pudieran.

Yo estaba algo sorprendido, porque pensaba que Rodrick desecharía la idea de un romance después de pasar unos días en el complejo. ¿Quién sabe? Puede que un día vuelva a este lugar con SU familia.

Bajamos a la playa, donde un montón de familias se había congregado en torno a una hoguera. Pero la experiencia no fue divertida debido a los INSECTOS. Al principio fueron los jejenes, que volaban sobre nuestros ojos y bocas.

Después fueron las pulgas de arena, que nos picaban los tobillos. Y por último acudieron unos MOSQUITOS del tamaño de colibríes.

No sé a quién se le ocurrió la idea de llamar "paraíso" a ese sitio, pero tenía un gran sentido del humor. En casa, los seres humanos están en lo alto de la cadena alimenticia. Pero en Isla de Corales, todos los bichos devoran a la gente.

Sin duda estaba preparado para volver a la habitación, porque al menos ALLÍ solo tendría que enfrentarme a UN bicho. Pero entonces apareció la guía y dijo que los que se habían apuntado para contemplar el nacimiento de las tortugas tenían que seguirla hasta las dunas.

La guía explicó lo que íbamos a ver. Dijo que la mamá tortuga hace un hoyo en la arena y allí deposita sus huevos, y unos meses más tarde, los huevos ECLOSIONAN. Entonces las tortuguitas se dirigen al océano.

Nos enseñó un pequeño montón de huevos blancos enterrados en las dunas y dijo que había una gran CANTIDAD de montones como aquel. Dijo que el problema era que no sabíamos exactamente CUÁNDO eclosionarían los huevos.

Estaba OSCURO y yo tenía miedo de pisar
algún huevo por accidente. Así que retrocedí unos
pasos para apartarme del camino, y cuando lo hice,
algo crujió debajo de mi pie.

Por suerte, solo se trataba de una concha de mar. Aun
así se me había hecho un NUDO en el estómago.

Por lo general, no soy aficionado a los reptiles, pero
decidí que haría una excepción con las tortugas.

Porque, vamos a ver: la única razón de que
estuviéramos allí para presenciar el nacimiento de las
tortuguitas es porque son muy CHULAS.

Créanme: si se tratara de una eclosión de huevos de SERPIENTE, la cosa no tendría nada que ver.

PUMBA
PUMBA

Justo cuando iba a decirle a mamá que deberíamos desistir y regresar a nuestra habitación, los huevos empezaron a abrirse de uno en uno.

CRAC

Todo el mundo estaba muy alborotado, pero la guía nos dijo que permaneciéramos en silencio y que dejáramos el paso libre. Dijo que las tortugas encontrarían por sí solas el camino al océano al ver la luz de la luna reflejada en el agua.

Pero nadie le hizo caso y todos sacaron los móviles, y las luces de las cámaras hicieron que las tortugas se fueran por todas partes.

Mamá estaba realmente entusiasmada y dijo que estábamos presenciando el "milagro de la vida". Preguntó dónde estaba Rodrick, pero nadie lo sabía. Papá respondió que, cuando lo vio por última vez, estaba entre la maleza de las dunas.

Y ahí fue donde lo encontramos.

Aquello DEBERÍA haber sido el final de la noche, pero no lo fue. Cuando volvimos a la habitación, descubrimos que Manny se había llevado una de las tortuguitas mientras nadie lo miraba, así que papá tuvo que llevarla de vuelta a la playa para ponerla en libertad.

Jueves

Supongo que mamá no estaba demasiado contenta por la manera en que estaban transcurriendo nuestras vacaciones familiares, porque después del desayuno dijo que se iba a tomar un "día de spa".

Eso me pareció una idea GENIAL, y le dije a mamá que me iba con ella. Siempre he querido que me den un masaje, y supuse que aquella era mi gran oportunidad.

Pero mamá me respondió que necesitaba tiempo solo para ELLA y que los demás debíamos arreglárnoslas solos. Eso significaba que NOSOTROS teníamos que cuidar a Manny.

En cuanto mamá se marchó, los tres nos preguntamos qué podíamos hacer. Manny daba demasiado trabajo, así que sugerí dejarlo en la cabaña de los niños pequeños y que la gente que trabajaba allí se ocupara de él.

A papá le gustó la idea, porque dijo que quería ir a hacer ejercicio en el gimnasio. Nos dijo a Rodrick y a mí que nos encargáramos de llevar a Manny a la cabaña de los niños pequeños, y luego se marchó.

El sendero pasaba junto al muro que separaba nuestra mitad del Lado Salvaje. Algunos chicos trataban de curiosear por encima de él, pero los jardineros se lo impidieron.

FUASSSS

Le pregunté a Rodrick qué creía que había en el
otro lado, y respondió que ya lo SABÍA. Añadió
que algunos de sus amigos de la zona de adolescentes
le habían dicho que al otro lado suceden toda
CLASE de cosas locas, y que incluso hay una playa
donde la gente toma el sol sin ninguna ropa.

Dijo que hay un AGUJERO en el muro y que, si
miras por él, puedes observar el otro lado. Pero
yo sabía que Rodrick trataba de tomarme el pelo,
porque ya lo había hecho ANTES.

Un verano estábamos en la piscina municipal y me dijo que, si miraba por encima del muro de ladrillos, podría ver el vestuario femenino.

Bien, le CREÍ, y desde entonces trato de borrar esa imagen de mi memoria.

Llevamos a Manny a la cabaña de los niños pequeños, y los chicos estaban haciendo títeres. Le dije a la persona encargada que les íbamos a dejar a nuestro hermanito todo el día y que volveríamos más tarde.

El cuidador respondió que el único requisito era que el niño supiera ir al baño él solo, y yo le aseguré que Manny YA sabía.

Pero a Manny no debió gustarle lo de hacer
títeres, porque se hizo pis allí mismo.

Rodrick dijo que tenía que cuidar a Manny yo
SOLO, porque él iba a echar un vistazo a las
actividades de la zona de adolescentes. Pero yo sabía
que si iba allí era para encontrarse con aquella chica.

No me hacía gracia quedarme cuidando a Manny.
No quería llevarlo a la playa, porque empezaría a
recoger mascotas otra vez.

Así que lo llevé al Juego de Piratas, que era una
zona de baño para niños pequeños.

Era un lugar PERFECTO, porque me podría relajar en una silla de playa y vigilar a Manny mientras jugaba. Incluso le encargué un sándwich de queso fundido y papas fritas a un camarero que pasaba por allí.

Pero no pude disfrutar de la comida. Algunos niños del barco pirata en miniatura descubrieron que, si tapaban uno de los cañones de agua, DUPLICABAN el alcance del otro.

Así que me tuve que mudar a una silla que estaba más lejos. Pero cuando me senté, me di cuenta de que había perdido de vista a MANNY. Al final lo localicé en medio de la piscina para niños, y estaba allí solito.

Sabía que, para hacerlo salir, tenía que meterme en el agua, pero no QUERÍA hacerlo. Con tantos niños pequeños en la piscina, sabía EXACTAMENTE lo que había en el agua.

Cuando era pequeño, me hacía pis en la piscina de los niños todo el TIEMPO. De hecho, hay enmarcada una foto mía en el salón usando la piscina como orinal.

Mamá dice que es la foto mía que más le gusta, porque luzco muy FELIZ. Pero nunca le he explicado POR QUÉ.

Un verano echaron en la piscina cierto producto químico que teñía el agua de color verde si alguien se hacía pis dentro. Y así terminó ESA costumbre.

Necesitaba encontrar una manera de llegar hasta Manny sin tocar el agua, así que tomé una balsa y un tubo flotador que empleé para remar.

PLAS

Pero solo pude llegar a medio camino antes de que un puñado de niños pensaran que resultaría divertido subirse a la balsa. Intenté ahuyentarlos con el flotador, pero eran DEMASIADOS.

ZUM

Todos juntos, consiguieron VOLCAR la balsa.

Saqué a Manny de la piscina, y luego me pasé veinte minutos restregando cada pulgada de mi cuerpo en la ducha al aire libre.

RAS
RAS

Pero cinco segundos después de terminar de secarme, ya estaba EMPAPADO de nuevo. Los chicos del barco pirata habían descubierto que, si taponaban DOS cañones, el alcance del chorro sería NOTABLE.

Cuando me estaba secando por SEGUNDA vez,
apareció mamá. Después de haberse pasado la
mañana en el spa, parecía otra persona.

Dijo que mientras le daban un masaje, se le había
ocurrido una idea GENIAL para pasar el tiempo
en familia. Había contratado un crucero privado
para todos nosotros, y añadió que el barco estaría
en el muelle en media hora.

No era mucho tiempo, así que nos dividimos para encontrar a papá y a Rodrick. Le dije a mamá que papá estaba en el gimnasio, y allá fue a buscarlo.

Yo encontré a Rodrick exactamente donde esperaba y, créanme, me debe UNA por no dejar que fuera mamá quien lo BUSCARA.

Encontramos a mamá y papá en el muelle. Papá no estaba demasiado contento con mamá, porque parecía que alquilar ese barco había costado un dineral. Pero mamá aseguró que VALÍA la pena, porque aquel crucero iba a ser la parte más memorable de nuestro viaje.

Cuando escuché la palabra "crucero", pensé en un yate o al menos en un velero muy sofisticado.

Pero el barco que había alquilado mamá no parecía nada especial.

La embarcación tenía su propio capitán, así que supuse que eso ya era ALGO. Cuando subimos a bordo, nos entregó chalecos salvavidas y, una vez nos los pusimos, zarpamos del muelle.

Lo primero que descubrí era que el barco tenía un fondo de cristal, y eso no me parecía NADA seguro.

Para empezar, la embarcación no parecía estar en muy buenas condiciones, así que me preocupaba que el cristal se pudiera romper y que todos acabáramos en el fondo del océano.

De hecho, puestos a adivinar, apostaría a que un 50 por ciento de los naufragios son de barcos con fondo de cristal, como ese en el que estábamos nosotros.

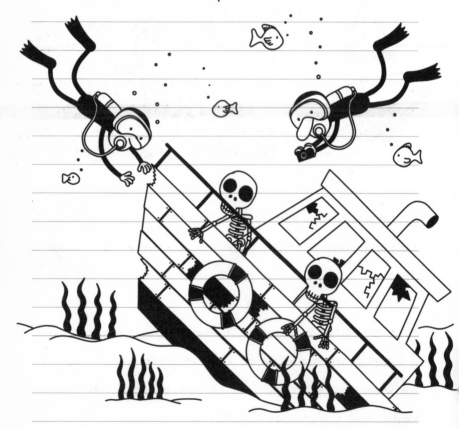

Una vez en mar abierto, el capitán le preguntó a mamá adónde quería ir. Le explicó que había varias islas recónditas que podíamos explorar, y mamá le pidió que visitáramos alguna.

Pero resultó que las islas "recónditas" no eran tan recónditas, así que ni nos molestamos en desembarcar.

El capitán dijo que había un arrecife cercano que no solía tener gente y podríamos hacer buceo con tubo.

Eso equivalía a sumergirse en el mismísimo mar con TODAS las otras cosas que nadaban en el agua. La idea no me entusiasmó lo más mínimo. Pero a nadie más pareció importarle.

Cuando llegamos al arrecife, el capitán echó el ancla, y nos entregó a cada uno un tubo de respiración, gafas de buceo y un par de aletas.

Pregunté si tenía algún ARPÓN o algún arma que pudiéramos usar para defendernos de los tiburones.

Respondió que los tiburones no se acercan a los arrecifes, pero yo dije que apostaría a que, con una familia indefensa chapoteando por ahí, estarían felices de hacer una excepción.

Nos replicó que la razón por la que los tiburones no se acercaban al arrecife es que el coral es muy AFILADO, y que NOSOTROS tampoco deberíamos tocarlo.

Esa fue la PRIMERA bandera roja. Pero la cosa siguió EMPEORANDO.

Dijo que era muy posible que viéramos rayas bajo el agua. Insistió en que no era peligroso tocar sus aletas, pero que deberíamos mantener los pulgares lejos de sus bocas, para que no creyeran que eran comida y nos los arrancaran de cuajo.

Añadió que las colas de las rayas son venenosas, así que lo mejor sería tener también cuidado con ELLAS.

Y aún no habíamos TERMINADO. El capitán añadió que había que estar prevenidos por MUCHAS cosas más. Entonces nos mostró su aspecto en un gran cartel.

Había seres terroríficos en el cartel, pero no me asustaban tanto las criaturas más GRANDES, como la más PEQUEÑA de todas. Se trataba de la AVISPA DE MAR.

Vi en un programa titulado "Las criaturas más
venenosas del mundo" que la avispa de mar
encabezaba la clasificación. Si te pica una, se te
para el corazón y entonces estás acabado.

Le dije a mamá que no pensaba que valiera la
pena arriesgarse a morir solo para ver unos peces
de colores nadando debajo del agua. Creo que me
notó algo preocupado, pero no iba a soltarme así
como así.

Respondió que solo tenía que meterme en el agua
lo suficiente como para tomar una foto de la
familia, y que luego podría regresar al barco.

Todavía quería esa foto para la tarjeta navideña,
y supe que no iba a aceptar un "no" como respuesta.

Le dije a mamá que solo estaría en el agua el tiempo
suficiente para tomar UNA foto, y que si alguien
PESTAÑEABA, pues mala suerte. Ella estuvo de
acuerdo, y entonces fuimos entrando en el agua, uno a
uno. Yo fui el último en meterme.

PLAF

El capitán no entendía el funcionamiento de la cámara de mamá, y se estaba demorando una ETERNIDAD.

No me gustaba la sensación de no saber qué había nadando debajo de mí, así que eché una mirada bajo el agua. Me alegro de haberlo hecho, porque fue SORPRENDENTE. Por fin sabía por qué a la gente le gustaba tanto bucear.

Un gran banco de peces azules y verdes me rodeó. Sus movimientos se sincronizaban a la velocidad de un rayo, y cambiaban de dirección dos veces en un segundo.

Al principio pensé que ERA FANTÁSTICO, pero entonces me di cuenta de que los animales se comportan así cuando tratan de huir de un DEPREDADOR.

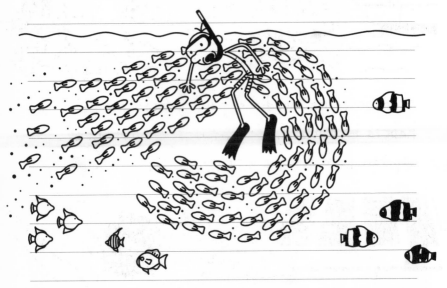

No vi ningún tiburón debajo del agua, así que miré la superficie en busca de ALETAS.

El capitán comprendió por fin cómo funcionaba la cámara de mamá y se preparó para tomarnos la foto, pero yo ya estaba nadando hacia el barco.

Justo en ese momento, un caballito de mar apareció delante de mis gafas de buceo y me sobresaltó. Mi tubo se sumergió por debajo de la superficie y tragué un ENORME buche de agua. Estoy seguro en un 95 por ciento de que TAMBIÉN me tragué el caballito.

Y entonces me invadió el pánico. Creo que me habría HUNDIDO de no haberme sujetado el capitán para subirme al barco.

Una vez a bordo, tosí mucha agua, pero ningún caballito de mar.

Mamá trepó al barco para averiguar qué andaba mal. Se dio cuenta de que yo no parecía encontrarme demasiado en forma, y le rogó al capitán que volviéramos al complejo hotelero, para que me examinara un médico. Cuando los demás subieron al barco, emprendimos el regreso.

La travesía de vuelta fue realmente agitada y me hubiera mareado, si no lo hubiera estado YA.

CHUG CHUG CHUG

Avanzamos bastante rápido, y el capitán nos dejó en el muelle.

Ya había llamado al médico del complejo, que nos estaba esperando. Le conté lo que me había ocurrido, y estaba seguro de que me enviaría al hospital más cercano para que me hicieran una radiografía del estómago.

Pero me examinó y dijo que todo parecía estar bien. Entonces me dijo que no es fácil tragarse un caballito de mar, y que no me pasaría nada.

No me gustó que aquel tipo se tomase tan a la ligera lo que me había pasado. De hecho, parecía más preocupado por mamá y papá que por MÍ.

Les echó una mirada y dijo que lo suyo parecía mareo por el oleaje del mar. Luego les dio una pastilla a cada uno y les dijo que se sentirían mejor después de descansar un poco.

En fin, si luego me ocurría algo, esperaba que ese doctor supiera que había tenido la oportunidad de REMEDIARLO, pero NO lo hizo.

Mamá y papá encontraron algunas sillas de playa cerca de la piscina, y nos sentamos para reposar.

Pero el animador jefe se acercó a nosotros bailando
la conga y trató de que nos uniéramos.

No se daba cuenta de que no estábamos interesados
y siguió dando vueltas a nuestro alrededor. Pero
frenó en seco al ver algo en el cubo de Manny.

ME pareció que había como una bolsa de plástico de color claro flotando en el agua. Sin embargo, el animador jefe levantó el cubo para echarle un vistazo con más atención.

Resultó que no era NINGUNA bolsa de plástico. Se trataba de una MEDUSA. Y tampoco era CUALQUIER medusa. Era una AVISPA DE MAR.

El animador jefe se dirigió corriendo al socorrista más cercano, quien empezó a tocar el silbato. Entonces todos los demás socorristas tocaron los SUYOS. Nunca tanta gente ha evacuado una piscina tan DEPRISA.

Mi familia también decidió que salir de allí sería una buena idea.

De camino a la habitación, nos dimos cuenta de que Rodrick no se encontraba con nosotros. Mamá pensó que se había ido a ver a la chica, pero cuando fuimos a la zona de adolescentes, no estaba allí.

Entonces caímos en la cuenta de que llevábamos mucho RATO sin ver a Rodrick. De hecho, no recordaba haberlo visto a bordo del barco durante el viaje de vuelta desde el arrecife. Ni tampoco mamá. ¡Ni papá!

Eso significaba que todavía estaba ALLÁ.

Corrimos al muelle tan rápido como pudimos. Nuestro barco ya se había marchado para otro viaje. Así que mamá habló con el encargado del barco banana y le explicó lo que había sucedido. Subimos a la lancha motora, y él nos condujo al arrecife.

En efecto, encontramos a Rodrick justo donde lo habíamos dejado tirado. Estaba VIVO, pero rojo como un CANGREJO.

Cuando volvimos al complejo hotelero, el doctor dijo que Rodrick había sufrido una insolación, y necesitaba beber grandes cantidades de agua y descansar un poco. Después le entregó a mamá un frasco de áloe vera para aliviar las quemaduras de Rodrick.

El áloe vera no parecía ayudarlo mucho. Mamá envió a papá a la tienda para conseguir alguna otra cosa, y nos pasamos la noche turnándonos para frotarle la espalda a Rodrick con las paletas heladas que encontramos.

<u>Viernes</u>

A la mañana siguiente, papá salió para comprar otra caja de paletas, y regresó con noticias. Dijo que habían vaciado toda la piscina para localizar a la avispa de mar, y ahora estaban empezando a rellenarla. Tardaría tres DÍAS en estar disponible.

PLAS

Pensé que sería muy inteligente por nuestra parte quedarnos escondidos en la suite durante el resto del viaje, porque la gente estaría buscando a la familia que les había fastidiado las vacaciones. Pero mamá no se resignaba a que pasáramos el tiempo encerrados.

Le ordenó a papá que llevara a Manny al Juego de Piratas, y a mí me mandó ver qué actividades había en la zona de preadolescentes.

En realidad, no deseaba salir de allí, pero supuse que era mejor que arriesgarme a tener otro encuentro con la araña.

Bajé a la zona de preadolescentes, esperando que la actividad consistiera en una competición de videojuegos o algo por el estilo. Pero el supervisor estaba reuniendo a todo el mundo para jugar al TENIS.

Al principio, pensé en regresar, porque no tenía ganas de ponerme a sudar.

Entonces recordé que Rowley juega al tenis en su club de campo, y pensé que sería divertido aprender para que los dos pudiéramos jugar un poco durante el verano.

El supervisor que organizaba el partido se llamaba Rodrigo, y nos condujo a las canchas de tenis.

Pensaba que Rodrigo iba a quedarse para enseñarnos a jugar. Pero en cuanto hubimos franqueado la puerta de la cancha, la CERRÓ con un candado.

Entonces me percaté de que esas "actividades" solo eran una manera de mantener a los chicos alejados de sus padres para que los dejaran en paz unas horas.

La cancha de tenis era una gigantesca JAULA, y básicamente iba a estar en una prisión durante una hora y media. Y ni siquiera podíamos jugar al tenis, porque Rodrigo no nos dejó ninguna RAQUETA.

Al menos, disponíamos de PELOTAS. Había como un centenar de ellas en una caja situada en el centro de la cancha. Al principio, los chicos solo jugaban a arrojarlas y atraparlas, pero la situación no tardó en transformarse en una verdadera batalla campal.

Intenté ponerme a salvo junto a la verja con otros chicos que no querían llevarse un pelotazo en plena cara. Pero eso nos convirtió en BLANCOS.

Así que comenzamos a CONTRATACAR.
Alguien averiguó cómo poner en marcha la máquina lanzapelotas, y la empleamos para defendernos.

Nunca había estado en el bando de los ganadores, y he de decir que resultó muy DIVERTIDO.

Pero entonces todo se paró en seco. Uno de los chicos que el día anterior se encontraba bailando la conga me reconoció, y les dijo a todos que MI familia era la responsable de que hubieran vaciado la piscina.

Le expliqué a todo el mundo que había sido un accidente y que mi hermano pequeño solo quería adoptar una medusa como mascota. Pero supongo que los chicos estaban molestos con la situación de la piscina, y se sintieron felices por tener a alguien a quien culpar.

Tenía que SALIR de allí, pero la puerta estaba cerrada. Así que el único modo de escapar era ESCALAR.

En la escuela ni siquiera era capaz de subir el muro de piedra que había en el gimnasio. Pero ahora que mi vida estaba en juego, trepé por esa verja como si fuera el Hombre Araña.

Tras escalar la verja, corrí al edificio del supervisor en busca de ayuda. Pero Rodrigo no estaba dispuesto a mover un dedo.

Ya no me sentía seguro afuera, así que volví corriendo a nuestro edificio.

Toda mi familia se encontraba en la suite cuando llegué allí.

Estábamos en un aprieto. Yo no quería salir de la habitación, y de todos modos a Rodrick no le podía dar el sol.

Mamá dijo que deberíamos suspender las vacaciones y regresar a casa un día antes. Pero papá dijo que habíamos pagado mucho dinero por aquel viaje y se negaba a abandonar el complejo hotelero mientras no hubiéramos hecho al menos UNA comida decente.

A ninguno de nosotros la apetecía ir a restaurantes al aire libre por culpa de los dichosos pájaros. Y tampoco podíamos ir a comer en el club de golf, porque carecíamos de la indumentaria adecuada.

En aquel momento, se produjo un gran estrépito en la otra punta de la habitación.

La maleta grande que no era nuestra estaba abierta en el suelo. Y había ropa POR TODAS PARTES.

Quienesquiera que fuesen los propietarios de la maleta, debían de ser una familia como nosotros, porque había ropa de diferentes tallas.

Pero no solo tenían ropa para ir a la playa. Vimos la clase de prendas que podrías llevar a la iglesia o a un restaurante elegante.

Miré a papá, y adiviné que estaba pensando lo mismo que yo. Aquella ropa era nuestro salvoconducto para entrar en el club de golf.

Mamá dijo que no se sentía a gusto con la idea de ponerse ropa de otras personas. Pero papá respondió que, una vez usada, la guardaríamos de nuevo y nos aseguraríamos de que la maleta llegase a sus dueños.

Creo que eso hizo que mamá se sintiera mejor, así que empezamos a probarnos cosas. La única persona que no pudo encontrar nada de su talla fue RODRICK. Pero mamá dijo que, de todos modos, necesitaba protegerse del sol, así que le entregó un albornoz y le dijo que se pusiera encima una camisa.

Debo decir que, cuando salimos de nuestro edificio, estábamos muy ELEGANTES. Hasta el atuendo de Rodrick funcionaba a su modo.

Fuimos caminando hacia el club, y yo vigilaba por si algún preadolescente me reconocía. Pero conseguimos llegar al restaurante sin encuentros desagradables.

Esta vez nos permitieron entrar. Y aquella fue la mejor comida de mi vida.

Después de los postres, ninguno de nosotros quería volver a la habitación. Así que antes pasamos un buen rato en el campo de golf.

La verdad es que NUNCA habíamos conseguido disfrutar todos juntos en familia. Así que allí, durante apenas un instante, fui testigo de unas vacaciones familiares que parecían funcionar.

Pero he aquí la lección que extraje: nada bueno DURA para siempre. Un guardia de seguridad apareció conduciendo un carrito de golf, y nos dijo que teníamos que acompañarlo.

Papá le preguntó POR QUÉ y el guardia de seguridad dijo que otra familia nos había denunciado en el restaurante porque llevábamos sus ROPAS.

Por un instante, no supimos qué hacer. Entonces recordé la lección que había aprendido en el aeropuerto: cuando un Heffley se mete en un lío, un Heffley CORRE.

Me monté en el asiento del conductor del carrito y mi familia se amontonó detrás. Nos pusimos en marcha y dejamos al guardia de seguridad allí plantado.

RUUUMMM

Pero resultó que el carrito era demasiado lento, sobre todo si subías una COLINA.

El guardia de seguridad nos alcanzó en un abrir y cerrar de ojos, y dudo incluso que llegara a sudar.

Nos hizo regresar a nuestra habitación y entregarle la maleta a la familia a la que pertenecía. También tuvimos que devolver la ropa que llevábamos puesta, y debo decir que no fue nuestro momento más glorioso.

A título personal, creo que aquel bochorno habría sido SUFICIENTE castigo. Pero el guardia de seguridad dijo que robar no estaba permitido en el complejo hotelero, y que debíamos hacer las maletas y salir de allí de inmediato.

Papá trató de explicar lo que había sucedido EN REALIDAD, pero el tipo no estaba de humor para escucharlo. Y en cuanto hicimos el equipaje, nos condujo ÉL MISMO al aeropuerto.

Cuando llegamos al aeropuerto, papá se dirigió al mostrador de nuestra compañía aérea, y les explicó que necesitábamos regresar a casa un día antes.

Pero la encargada de atención al cliente dijo que todos los vuelos estaban completos, y que debíamos esperar hasta la tarde SIGUIENTE para regresar a casa.

Eso era un problema, porque no teníamos dónde PASAR la noche.

Papá llamó al hotel del aeropuerto, y le dijeron que solo tenían una habitación disponible. Así que pasamos la última noche de nuestras vacaciones en una habitación minúscula. Me tocó compartir una cama con Rodrick, que encima estaba todo pegajoso por las paletas.

<u>Sábado</u>

Cuando despertamos por la mañana, me imaginé que
sería un día muy aburrido. Nuestro vuelo no salía
hasta las 8:00 p.m., y no había nada que hacer en
el aeropuerto. Pero durante el desayuno, mamá y
papá nos sorprendieron.

Dijeron que íbamos a VOLVER al complejo
hotelero para pasar el día.

Mamá y papá lo habían hablado durante la noche, y a
ninguno de los dos les gustaba cómo habían terminado
las cosas. Habían decidido "volver a intentarlo" para
que pudiéramos marcharnos con la cabeza bien alta.

Mamá dijo que lo más importante era sacarnos la foto
de la familia. Dijo que conocía un lugar PERFECTO
en la playa, y que tan pronto como llegásemos al
complejo, iríamos directamente allí.

Todo aquel asunto me pareció una idea demencial, porque ni siquiera me imaginaba cómo pasaríamos el control de la entrada. Pero papá dijo que tenía un plan, y que nos lo contaría al llegar.

Tomamos el autobús gratuito hasta el complejo y vimos otra vez el video. Me di cuenta de por qué todo parecía más ATRACTIVO: nunca mostraban FAMILIAS de carne y hueso.

Cuando nos bajamos del autobús, papá nos explicó su plan magistral para colarnos en el complejo hotelero. Y tengo que decir que no me impresionó para nada.

Pero FUNCIONÓ. Cuando pasamos el vestíbulo, fuimos a la zona de la piscina. No había mucha gente, porque todavía la estaban llenando.

No tardamos en enterarnos de dónde estaba TODO el mundo: en la playa. Pero estaba tan abarrotada que nadie la DISFRUTABA.

Mamá quería hacer la foto de la familia, pero no deseaba que saliera otra gente. Así que fuimos a las dunas de arena, donde no habría nadie.

Pero allí fue donde nos encontramos con la novia de Rodrick.

Me sentí FATAL por Rodrick, ESPECIALMENTE después de que mamá le pidiera a la chica que nos sacara la foto con su cámara.

Y encima no estoy muy seguro de que vayamos a usar esa imagen para la tarjeta de Navidad, porque a mamá le gusta que todos salgamos SONRIENDO.

Después de solucionar el asunto de la foto familiar, bajamos a la playa de nuevo. Rodrick estaba enfurruñado, pero los demás lo pasamos bien.

Se nos abrió el apetito y estábamos dispuestos a comer. El problema era que el guardia de seguridad nos había quitado las pulseras cuando nos expulsó del complejo. Así que no podíamos PAGAR nada.

Una familia había dejado sobras de pizza y papas fritas. Así que empleamos el truco que habíamos aprendido de los pájaros, y pudimos pillar algo de comida.

Después de eso, papá dijo que había que pensar en volver. Mamá quería tomar algunas fotos más en las dunas antes de marcharnos, y allá fuimos.

Pero supongo que estábamos tentando a la suerte, porque nos encontramos con unos CONOCIDOS.

En cuanto nos vieron, todos salieron corriendo, y supe que nos iban a denunciar a los guardias de seguridad. Así que abandonamos el lugar tan rápido como pudimos.

No sé adónde fue a parar el RESTO de mi familia, pero yo me dirigí a la PLAYA. Supuse que, con tanta gente, no me encontrarían. Pero cuando vi que un guardia de seguridad corría hacia mí, me dio un ataque de PÁNICO.

Corrí dentro del agua y nadé hacia la zona donde
se practica el windsurf. No tenía ni idea de hacer
windsurf, pero pensé que era mi única posibilidad de
escapar. Me subí a una tabla y levanté la vela por
encima del agua. Tan pronto como la vela estuvo
derecha, comencé a MOVERME.

Descubrí que el modo de manejar aquello era tirar
del asa grande que va paralela a la vela. Supuse
que, en la medida en que me iba ALEJANDO de la
playa, eso significaba que lo estaba haciendo bien.

Entonces una gran ráfaga de viento hinchó la vela y no tuve fuerzas para mantener la dirección. Me estaba moviendo cada vez más DEPRISA.

Delante había varias boyas que señalaban la zona de agua acordonada. Tiré del asa con todas mis fuerzas, pero no pude evitar las cuerdas.

Supongo que había una aleta en el fondo de la tabla, porque algo se enganchó con la cuerda. Y, cuando lo hizo, todo se ladeó y se desplomó en el agua.

Intenté levantar de nuevo la vela, pero resultaba muy complicado hacerlo con la mar rizada. Entonces algo me rozó la PIERNA, y me quedé CONGELADO.

Dos segundos más tarde, apareció una ALETA, y luego otra, y otra más. Estaba completamente rodeado, y pensé que iba a ser la merienda de una manada de tiburones.

Entonces me di cuenta de que me encontraba en el recinto de los DELFINES. Me sentía tan feliz que me olvidé de cómo había llegado allí.

Cuando un bote de seguridad se plantó junto a mí, me devolvió a la realidad.

Desistí de hacer windsurf y nadé hacia la orilla. Pero la playa estaba mucho menos POBLADA de lo que recordaba unos pocos minutos antes.

Averigüé el MOTIVO en cuanto llegué allí. Había cruzado al Lado Salvaje. Y ninguno de los allí presentes parecía demasiado feliz de ver a un chico con una cámara en su playa privada.

Los guardias de seguridad acudieron a mi encuentro desde todas las direcciones, y salí pitando de allí. Pero no eran los únicos que me perseguían: también lo hacían las PERSONAS que estaban tomando el sol.

Corrí por la arena hasta la zona de la piscina, que era muy similar a la de NUESTRO lado, solo que esta estaba llena de AGUA.

Había un montón de gente pisándome los talones. Así que salté encima de un murito de piedra y me refugié entre unos arbustos.

Cuando me abrí paso hasta el otro lado, pensé que me encontraba a salvo. Pero entonces me di de narices contra el MURO.

Había un AGUJERO en esa parte del muro, y no van a creer quiénes estaban al otro lado.

¡PSST!

Atraje la atención de mi familia y les dije que necesitaba ayuda.

Luego introduje los dedos en el agujero para intentar arrancar una tabla. Papá empujó desde el otro lado, y se abrió una grieta. Pero no era lo bastante grande como para permitirme que pasara apretujado.

Podía escuchar a los guardias de seguridad hablando con sus walkie-talkies al otro lado de los arbustos, y supe que era cuestión de SEGUNDOS que me encontraran.

Así que intenté TREPAR por el muro, pero no encontré ningún apoyo. Entonces vi aparecer la CABEZA de Rodrick por encima del muro. Me ofreció la mano y salté para sujetarla. Empezó a alzarme, y pensé que lo podría conseguir.

Pero entonces, una ARAÑA con siete patas salió de la manga del albornoz de Rodrick bajando hacia mi brazo, y perdí el agarre.

Cuando caí al suelo, pensé que estaba acabado.
Pero entonces la sección del muro que yo estaba
tratando de escalar se vino ABAJO. Tuve suerte
de no resultar aplastado por la estampida de gente
que entraba en masa desde el Lado Tranquilo.

Nos aprovechamos de la confusión y conseguimos llegar hasta la salida. Había un control de seguridad en este lado del complejo hotelero, y si conseguimos burlar a los guardias se debió tan solo a la locura que se había desatado en la piscina del Lado Salvaje.

Una vez fuera del complejo hotelero, paramos un taxi y le pedimos al conductor que nos llevara al aeropuerto.

Tuvimos algunas turbulencias en el vuelo de vuelta, pero teniendo en cuenta TODO lo que habíamos pasado, un poco de aire revuelto era la menor de mis molestias.

Domingo

Hace apenas unos días que volvimos a casa, y mamá ya está trabajando en el álbum fotográfico. Quien viera las imágenes, podría pensar que nos lo pasamos en grande.

Pero hay que descartar por completo la menor posibilidad de que VOLVAMOS a ese complejo hotelero. Me conecté a su página web para enseñar a Rowley dónde había pasado las vacaciones de Navidad, y en la página de inicio había una gran fotografía de mi familia.

No pude entender las palabras que acompañaban a la fotografía, pero estoy seguro de que capté lo esencial.

¡ATENCIÓN!

Póngase en contacto con Isla de Corales si conoce la identidad de las personas en la foto de arriba.

AGRADECIMIENTOS

Gracias a todos los de Abrams, especialmente a Charlie Kochman, quien ha cuidado el libro duodécimo de la serie tanto como el primero. Gracias inmensas a Michael Jacobs, Chad W. Beckerman, Susan Van Metre, Liz Fithian, Carmen Alvarez, Melanie Chang, Amy Vreeland, Samantha Hobak, Alison Gervais, Elisa Garcia y Josh Berlowitz.

Gracias a Jason Wells y Veronica Wasserman por su amistad. Gracias a Kim Ku por los cambios en el diseño de Diario de Greg.

Gracias a todo el equipo de Diario de Greg: Shaelyn Germain, Anna Cesary, y Vanessa Jedrej. Gracias a Deb Sundin y al personal de An Unlikely Story.

Gracias a Rich Carr y Andrea Lucey por su apoyo y amistad. Gracias a Paul Sennott por toda su ayuda.

Gracias a Jess Brallier por tu orientación y por iniciarme como autor.

Gracias a toda la gente de Hollywood, incluyendo a Sylvie Rabineau, Keith Fleer, Nina Jacobson, Brad Simpson, Elizabeth Gabler, David Bowers y Greg Mooradian.

SOBRE EL AUTOR

Jeff Kinney es un autor número uno en ventas de *The New York Times* y ha ganado en seis ocasiones el premio Nickelodeon Kid's Choice del Libro Favorito. Jeff está considerado una de las 100 personas más influyentes del mundo, según la revista *Time*. Es también el creador de Poptropica, que es una de las cincuenta mejores páginas web, según *Time*. Pasó su infancia en Washington, D. C. y se mudó a Nueva Inglaterra en 1995. Hoy en día Jeff vive con su esposa y sus dos hijos en Massachusetts, donde tienen una librería, An Unlikely Story.